Kia Kahawa
Die Krankheitensammlerin

DIE KRANKHEITEN-SAMMLERIN

Triggerwarnungen befinden sich auf der letzten Buchseite.

3. völlig neu überarbeitete Auflage Mai 2019
Copyright © 2016 Kia Kahawa

Kia Kahawa
Kopernikusstr. 14
30167 Hannover

www.kiakahawa.de

Lektorat:	Magret Kindermann
Korrektorat:	Micha Feuer
Covergestaltung:	Esther Wagner
Herstellung, Verlag:	BoD – Books on Demand, Norderstedt
Buchsatz:	Kia Kahawa

ISBN 978-3-7357-1986-7

Für Micha.

Keep on waiting.

ls ich in deinem Alter war, brauchte ich noch keinen Arzt.» Vor mir sitzt eine alte Dame mit zwei Stricknadeln und einem roten Wollknäuel, aus dem sich nach und nach ein Pullover, gerade groß genug für eine Babypuppe, formt.

Schweigen. Nur das Klappern der Stricknadeln und das Ticken der überdimensionalen Wanduhr sind zu hören. Es ist eine dieser Bahnhofsuhren, viel zu groß für den kleinen Raum, und besonders für Wartende nervenbetäubend.

Die langen Zeiger schreiten scheinbar in Zeitlupe voran. Ein Mahnmal der vergeudeten Zeit, ein Omen der quälenden Wartezeit, die mir noch bevorsteht. Je aufdringlicher die Uhr, desto gequälter der Patient. Somit hat mein Hausarzt immer genug zu tun.

«Damals war alles anders.» Die alte Dame auf dem Stuhl auf der anderen Seite des Raums blickt von ihrer Arbeit hoch, um zu überprüfen, ob ich zuhöre.

Wäre ich ehrlich, würde ich sagen, dass ich weder zuhören noch reden möchte, aber da stellen sich mir zwei Barrieren in den Weg: Erstens bin ich grundsätzlich nicht ehrlich und zweitens möchte ich wirklich nicht ein einziges Wort verlieren. Ich möchte nichts sagen, ihr auch nicht sagen, dass ich nicht sprechen will, und schweige die Fremde an.

«Damals haben wir zwölf Stunden auf dem Hof gearbeitet und nachts gefeiert», erzählt die Frau ihrem Strickwerk, «oder auf die Kinder aufgepasst, aber der Peter war ja nicht mehr da.»

Meine anerzogene Höflichkeit drängt mich zu einer Reaktion. Mein Instinkt lässt mich auf die Uhr schauen. «Stricken Sie für Ihren Enkel?», fragt mein Mund.

«Nicht ganz. Mein erster Urenkel wurde am Heiligen Abend geboren und soll einen schönen, warmen Pullover haben.» Die frischgebackene Urgroßmutter schaut nicht auf. Unbeobachtet fühle ich mich wohler.

Ich lehne mich zurück, um meine Haltung zu verändern. Verdammte Rückenschmerzen. «Na, dann herzlichen Glückwunsch zum Nachwuchs», höre ich mich zögerlich sagen.

«Du sprichst nicht viel, mein Kind. Dabei haben die anderen in deinem Alter doch immer diese kleinen Bildschirme vor der Nase.»

«Ich denke, Sie meinen Smartphones.»

Sie schaut vom unfertigen roten Pulli auf und sucht Blickkontakt. Ich vermeide es, sie anzusehen und hoffe, dass diese merkwürdige Situation so besser wird.

«Tablets oder E-Book-Reader…», ergänze ich.

«Genau! Diese Fremdwörter kann ich mir nie merken. Gibt es denn niemanden mehr, der für diese ganzen Erfindungen deutsche Namen verteilt?»

Die alte Dame wird für mich allmählich interessanter.

«Ich glaube nicht, dass das nötig ist. Heute spricht doch jeder fließend Englisch.» Ich zucke kaum merklich zusammen. Vielleicht hätte ich das besser nicht gesagt.

Ich sitze ich in einem Wartezimmer, unterhalte mich widerwillig mit einer fremden Uroma, und meine Aussagen bieten unfreiwillig tiefgreifendes Gesprächsmaterial.

Widerwillig.

Unfreiwillig.

Meine Wohlfühlzone entfernt sich mit jedem Ticken der Uhr weiter von der Realität.

«Ich habe sieben Enkel und einen Urenkel. Und das ohne Englisch oder einen dieser neumodischen englischen Hochschulabschlüsse. Ich brauchte auch kein Diplom, um ein Haus zu bauen und meinen Mann bis zum Tode zu pflegen.»

«Das ist… beeindruckend», entgegne ich ihr widerwillig. Mein Blick wandert erneut auf die überdimensionale Uhr. Wer sagte nochmal, dass eine Minute neben einer hübschen Frau schneller vergehe als eine Minute auf einer heißen Herdplatte? Auch wenn das alte, strickende Mütterchen vor Jahren womöglich eine schöne Frau gewesen ist, fühle ich mich, als säße ich auf der besagten heißen Herdplatte. Die Zeit vergeht viel zu langsam und ich wünsche mir, ich hätte ein gutes Buch dabei, um mich meiner Außenwelt zu verschließen. Einen Blick auf das Smartphone möchte ich nicht riskieren, da stellt sich mir die anerzogene Höflichkeit in den Weg.

Genau diese nervige Höflichkeit zwingt mich dazu, mich zu rechtfertigen: «Es war noch nie eine Frage des Brauchens, wenn es um internationale Standards geht. Niemand braucht einen Bachelor oder ein Tablet, um eine gesunde Familie zu gründen. Das weiß ich und das wissen auch viele andere junge Menschen.» Ich komme mir alt vor, so etwas zu sagen. Ein paar Minuten vergehen, ohne dass jemand etwas sagt. Bin ich aus dem Schneider?

«Ach Kind», seufzt die Alte, «mach was aus dir! Du bist nicht auf den Kopf gefallen, das wusste ich sofort.»

Ich bin nicht aus dem Schneider. Das wäre zu schön gewesen. Die alte Dame kommt mir merkwürdig vor. Sie widmet sich wieder dem roten Urenkel-Pullover.

Draußen verdunkelt sich die Welt und der Feierabend der Praxis Dres. Oslek & Flamm rückt näher. Als würde die Dame ahnen, dass die Tür zum Wartezimmer in einigen Sekunden geöffnet wird, packt sie ihr Strickzeug ein und rutscht auf ihrem Stuhl nach vorne. Sie stützt sich mit beiden Händen an den Lehnen ihres Stuhls ab, verkrümmt ihren Körper und dreht den Rücken ein, um sich gemächlich aus dem Stuhl zu heben. Das sieht qualvoll aus und ich frage mich, ob auch mein Körper irgendwann so gebrechlich sein wird, dass mir das Aufstehen schwerfallen wird.

Plötzlich fühle ich mich, als hätte ich im warmen Bett einen Montagmorgen versehentlich für einen Sonntag gehalten. Bin ich dämlich! Wenn ich nicht auf den Kopf gefallen bin, warum helfe ich der alten Dame nicht beim Aufstehen? Aus der stillen Wohlfühlzone wurde innerhalb der letzten Minuten eine unbehagliche Unterhaltungshölle, und jetzt befinde ich mich in einer Peinlichkeit, die mir noch weniger gefällt. Ich bin Fiona, die unsoziale Tussi, die Omas beim Leiden zusieht. Mein Magen verkrampft sich.

«Ich bin jetzt gleich dran», krächzt die alte Dame angestrengt. «Das habe ich im Urin.» Und kaum hat sie die Stuhllehne losgelassen, um das eigene Gleichgewicht zu finden, öffnet sich die Tür.

Die Sprechstundenhilfe erscheint. «Frau Nebi – ach, da sind Sie ja schon.» Die Mittzwanzigerin mit dem strengen, dunklen Zopf hakt sich bei Frau Nebi unter, um sie zu stützen. Mit kleinen Schritten verschwinden die beiden Frauen aus dem Wartezimmer.

Allein mit der Uhr und den schmuddeligen, blaugrauen Wänden, die weder Gesundheit noch gute Laune versprechen, schaue ich mich um. Es ist eines dieser Wartezimmer, die schon mit dem ersten Anstrich vor zehn Jahren langweilig waren. Wie wohl das Farbkonzept entstanden ist? «Bitte richten Sie den Raum so ein, dass unsere Patienten eine Stunde vorkommt wie ein ganzer Monat.» – «Oh, das ist aber ein schöner Farbton. Wir mischen ihn am besten mit einem Sack Staub, dann passt er perfekt in unsere deprimierende Arztpraxis.»

Mich interessieren weder die Klatsch- noch die Motorsportzeitschriften im billigen Metallständer, die schon von weitem klebrig und abgegriffen aussehen. Der Kindertisch mit einseitig bedrucktem Schmierpapier und nicht ausreichend angespitzten Buntstiften reizt mich am meisten. Die Tatsache, dass ich alleine im Wartezimmer sitze und die Arztpraxis offiziell seit zehn Minuten geschlossen ist, lässt die Versuchung, am Kindertisch zu malen, ansteigen. Dann würde die Zeit schneller vergehen, und gemalt habe ich schon lange nicht mehr. Aber da ich nicht auf die Kinderstühle passe und die Sprechstundenhilfe den Anblick einer dicken Frau mit Wachsmalstiften am Miniaturtisch lächerlich finden würde, bleibe ich an Ort und Stelle sitzen. Starren statt spielen – das Leben der Erwachsenen.

Die Einrichtung des Sprechzimmers lässt vermuten, dass der hier behandelnde Arzt ein Naturbursche ist: Familienfotos, die allesamt in Wäldern, vor Blockhütten oder Campingwagen geschossen wurden, Mobiliar mit auffälligen Holzmaserungen und ein gerahmtes Kunstwerk aus Zweigen, Moos und etwas Schmierigem, dessen Herkunft ich nicht erfahren möchte.

Dr. Oslek öffnet die Tür und saust um den Schreibtisch herum, um sich seinem Bildschirm zu widmen. «Ich bin sofort für Sie da», begrüßt der Arzt seinen Computer.

«Ich habe Zeit», antworte ich wahrheitsgemäß. Innerhalb der letzten Monate ist das meine Standard-Antwort geworden. Ob es die blutjunge, zittrig-nervöse Kassiererin ist, die darüber nachdenken muss, aus welchen Münzen sich mein Wechselgeld zusammensetzen könnte oder ob es eine faltige, bösartige Sachbearbeiterin in einem Großraumbüro ist, für die ich nur eine Störung bei ihrer bedeutsamen Schreibtischarbeit darstelle, jeder bekommt von mir dieselbe Antwort: Ich habe Zeit. Aus dieser kleinen Geste gegen die Hektik des Alltags wurde nach und nach ein Lebensmotto. In den vergangenen Monaten musste ich mir nicht mehr oft entbehrungsreich Zeit nehmen, um Zeit zu haben.

Inzwischen habe ich täglich Zeit. Nicht, weil es weniger zu tun gibt, sondern weil ich weniger tue. So gesehen habe ich freie Stunden, aber keine Lust. Oder Freizeit, weil ich keine Lust habe. Manchmal aber habe ich keine Lust, weil ich zu viel Zeit habe. Dabei gäbe es so viel zu tun.

«So, Frau Alfons», Dr. Oslek dreht sich mit einer unangebracht feierlichen Stimme zu mir. «Mit Ihren

Blutwerten ist vieles in Ordnung. Tatsächlich meine ich vieles, nicht alles. Eine latente Eisenmangelanämie ist Ihnen bekannt?»

Ich nicke.

«Bleiben Sie bei eisenhaltiger Nahrung und wir kontrollieren in zwei Monaten noch einmal, was das Blut so macht. Tabletten sind nicht nötig und werden wohl auch nicht nötig sein. Denn wir haben da einen anderen Störenfried gefunden.»

Mich ärgert sein lockerer Ton. Bestimmt ist er es als Vater von drei Kindern gewöhnt, ernste Nachrichten durch die Blume zu sagen, sodass er bei seinen Patienten keinen Unterschied macht.

In meinem Kopf kreisen die schlimmsten Diagnosen. Krebs und HIV schließe ich aus, da ich nicht auf einen Weltuntergang vorbereitet bin. Außerdem hat man mein Blut nicht darauf untersucht – zumindest wusste ich bis jetzt nichts davon.

Einen Diabetes schließt meine innere Diskussionsrunde ebenfalls aus, da Zucker nicht einfach so bei einer Routineuntersuchung des Blutes festgestellt werden kann. Oder etwa doch? Ich bekomme weiche Knie. Was ist, wenn ein Wert aus dem großen Blutbild so auffällig ist, dass der Arzt einen weiteren Test veranlasst hat, und daraus mein Todesurteil entsteht? Dann würde ich vermutlich darauf bestehen, dass ich bis zu meinem Begräbnis nie mehr über die Öffnungszeiten der Praxis hinaus im Wartezimmer sitzen möchte – schon gar nicht an einem meiner raren Urlaubstage.

Die Miene des Arztes verfinstert sich. Mein Herz rutscht in die Hose. Sicherlich bin ich zu zynisch und ein viel zu schlechter Mensch, um vom Schicksal verschont zu werden.

«Ihr TSH-Wert ist beunruhigend erhöht. Das heißt nicht, dass uns das beunruhigen sollte, man sieht nur eine deutliche Abweichung von der Norm», fährt Dr. Oslek fort. So nett er auch ist, seine unsichere Ausdrucksweise nervt mich tierisch. Wäre ich sein Chef, hätte ich ihn nicht eingestellt. Man muss den Patienten klar und deutlich sagen, ob dieser TSH-Wert nun tödlich erhöht ist oder man nur irgendwelche Tabletten für fünf Euro Zuzahlung in der Apotheke kauft und sie ein halbes Jahr schluckt und dann wieder geheilt ist. Doch bevor ich mir in meiner Gedankenwelt ein Vorstellungsgespräch zwischen meinem Arzt und mir zusammenreimen kann, hören Instinkt und Höflichkeit gleichzeitig Dr. Osleks TSH-Gerede zu.

«Sie haben eine Hypothyreose, eine Schilddrüsenunterfunktion. Das bedeutet, dass die Schilddrüse weniger arbeitet, als sie soll und dass Sie sich häufig abgeschlagen und antriebslos fühlen könnten. Das lässt sich auf die müde Schilddrüse zurückführen und auch Ihr – nennen wir das Kind beim Namen – bedenkliches Übergewicht kann durch die Hypothyreose bedingt sein.»

Ich merke auf. Abgeschlagen und müde bin ich seit Monaten. Doch meine Therapeutin sagte mir, dass Antriebslosigkeit und scheinbar unerklärliche Müdigkeit nichts anderes als die üblichen Symptome meiner Depression seien.

«Und wie kommt so eine Hypothe… Unterfunktion zustande?», erkunde ich mich unsicher.

«Das kann genetisch bedingt sein, aber auch einfach so durch Ihr Wachstum oder das Ende der Pubertät entstehen. In manchen Fällen kommt eine Hypothyreose auch durch Übergewicht zustande.»

«Aber ich dachte, es wäre genau umgekehrt?»

«Das kann so oder so sein. Aber das ist auch gar nicht wichtig für Sie. Das eine kann das andere begünstigen.» Wie sehr ich doch sichere und klare Aussagen eines Arztes liebe. Ich habe eine Krankheit, die etwas mit meinem Gewicht zu tun hat und meine Schilddrüse ermüden lässt. Irgendein Organ in meinem Körper funktioniert also nicht richtig. Passt hervorragend zu meinem Asthma! Und der Arzt erlaubt es sich, salopp darüber zu reden, dass diese Krankheit vielleicht schlimm ist, vielleicht aber auch nicht. Er sagt selbst, dass mein Übergewicht eine Belastung für meinen Körper sei, und ist nicht in der Lage, seiner Patientin genau zu sagen, inwiefern ihr Körper unter dieser Krankheit leidet. Ich koche innerlich. «Ich mache Ihnen einen Vorschlag», sagt Dr. Oslek und beugt sich über den Schreibtisch, als wolle er mir einen geheimen Deal vorschlagen. Einen Drogenhandel in der Sprechstunde abzuschließen – das bringt mich auf eine Idee für einen spannenden Krimi. Der kleine Gedankenausflug beruhigt mich.

«Wir kümmern uns medizinisch um die Schilddrüse und Sie kümmern sich durch Ihren Lebensstil um das Übergewicht.», der Doktor betont seine Worte, als wäre ihm dieser Einfall nach langem Überlegen gekommen und ein unschlagbares Tauschangebot für ihn und mich.

«Wie genau geht es denn jetzt weiter? Was muss ich tun und was macht man gegen diese Krankheit?», will ich wissen.

«Sie müssen jeden Morgen eine Tablette nehmen. In dieser Tablette ist das fehlende Hormon Thyroxin enthalten, das Ihre Schilddrüse nicht ausreichend produziert. Und in drei Monaten kontrollieren wir Ihre Werte und dann erhöhen wir vielleicht die Dosis, wenn das erforderlich sein sollte.»

Innerlich danke ich einem Gott, an den ich nicht glaube, für die Option, Tabletten zu nehmen und diesen dämlichen TSH-Wert schnell wieder in Ordnung zu bringen. Tief in mir finde ich diese Option doch besser als die Variante, bei der ich sehr bald sterben werde.

Die nächsten Minuten spricht Dr. Oslek von gesunder Ernährung, Bewegung und all den Sprüchen, die man zwischen Weihnachten und Silvester ohnehin zu häufig hört: Alle wollen mehr Sport machen, abnehmen und Zeit für die wichtigen Dinge des Lebens haben. Dazu mehr Ausflüge mit Freunden und Familie, weniger Fernseh- und Smartphonekonsum, mehr Geld für weniger Arbeit, nie wieder rauchen, weniger Alkohol trinken und endlich konsequent sparen. Für Reisen, von denen sie dann genug Fotos für ihre Facebook-Profile schießen können, damit die Online-Freunde neidisch werden und sich vornehmen, selbst so schlank, reich, beliebt und entspannt zu werden. Aber in ein paar Tagen feiert die Welt Silvester und es beginnt wieder der Zyklus des Versagens. Täglich kommen immer mehr Menschen hinzu, die ihre guten Vorsätze aufgegeben haben und im grauen Alltag ersaufen.

«Mit Bewegung und gesunder Ernährung nehmen Sie bitte nicht mehr als ein halbes Kilo pro Woche ab», schließt Dr. Oslek seinen langweiligen Monolog. Mahnend sieht er mich an. Oder schaut er ernst? Besorgt? Ich habe keine Ahnung, denn ich denke bereits daran, wie es wäre, wenn ich zu viel abnehmen würde. Meine

Knieprobleme würden verschwinden. Ich wäre nicht mehr depressiv, weil ich mich wohl fühlen würde in meinem Körper. Mein Selbstwert wäre auf dem höchsten Level und ich hätte keine Sorgen mehr um einen müden, trägen Körper mit Eisenmangel, Blutarmut, Unterfunktion und allem drum und dran. Ich müsste sich keine Mühe machen, zum Sport zu gehen, dort von Menschen ausgelacht zu werden oder weniger zu essen, als ich eigentlich möchte. Dann würde ich automatisch zu viel abnehmen, müsste ich mich, um meinen Körper zu schonen, auf die Couch legen und – einfach nichts tun. Am Computer chatten. Eine Runde schlafen. Damit mein Körper nicht zu schnell zu gesund und zu schön wird. Wie schön das wäre. Ich könnte ein Leben leben wie all diese Frauen, die von sich sagen, sie äßen wie ein Scheunendrescher, aber nie zunehmen könnten. Problematisch kann so etwas gar nicht sein, zumindest nicht in meiner Wahrnehmung.

Ich will genau das.

Wir stehen auf, geben uns die Hand und Dr. Oslek begleitet mich an die Rezeption. Kurzerhand wache ich auf und finde mich in der Realität wieder. In einem trägen, schweren Körper, hässlich und demotiviert. Ich bekomme ein rosa Kassenrezept und eine Kopie der Blutwerte, die ich mir sowieso nie durchlesen werde. Es ist 19:03 Uhr, als ich die Praxis verlasse. Die Apotheke gegenüber hat seit drei Minuten geschlossen. Na toll. Noch dazu ist es aber furchtbar kalt und der Heimweg viel zu lang. Das Leben ist so furchtbar gerecht zu mir.

Meine Beine erfrieren genau an der Stelle, an der mein Trenchcoat abgeschnitten ist und der Wind nur einen kurzen Weg von der Hose an die Haut hat. Trotzdem schwitze ich beim Laufen und lehne mich leicht gegen den stürmischen Wind. Die Kopfhörer betäuben meine Ohren. Zu Hause wartet eine Kaffeemaschine auf mich, die mich heute Nacht wachbleiben lassen wird und mir den Genuss eines warmen Getränks in einer kalten Einzimmerwohnung schenken kann. Also gehe ich schneller. Und friere mehr. Schwitze mehr. Habe alles satt.

Die Bäume auf der linken Straßenseite, die Häuser auf der rechten Seite – alles war mir schon vor Jahren zuwider.

Ich bleibe stehen und schaue auf mein Smartphone. Eigentlich ist das der Moment, in dem man von Nachrichten erschlagen wird und sich vor Beliebtheit kaum retten kann, weil doch heutzutage jeder Mensch innerhalb einer halben Stunde vermisst wird. Nach einer Stunde Offline-Zeit soll es schon Suchanzeigen und Anrufe bei der Polizei gegeben haben. Mein Smartphone zeigt mir jedoch keine einzige neue Nachricht und schreit mich an: «Du bist allein!»

«Lass' mich in Ruhe!», motze ich und verlangsame meinen Gang.

«Niemand mag dich. Das weißt du schon seit Jahren. Und du weißt, dass das jeder weiß.» Auf der anderen Straßenseite geht ein Pärchen Hand in Hand in die entgegengesetzte Richtung. Die junge Frau wärmt sich an ihrem Freund. Er lacht, weil einer von beiden etwas Belustigendes gesagt haben muss.

«Schau doch, da wirst du wieder einmal ausgelacht. Du kriegst immer mal eine neue Diagnose, aber Spaß ist nur für andere da», lacht mein Smartphone. Prompt landet es auf dem kalten Boden. Eine Erleichterung! Das erleichterte Gefühl verschwindet sofort. Also hebe ich meinen Feind wieder auf und stecke ihn in meine

Hosentasche.

Ich laufe schneller. Kurze Zeit später renne ich so schnell, wie ich kann. Eine Energie in meinem Körper zwingt mich dazu, mich zu fordern. Doch kaum habe ich meine Wut kanalisiert und etwas Kraft verschwendet, muss ich stehenbleiben, beuge mich nach vorn und stütze mich auf meinen Knien ab.

Das Atmen fällt schwer, meine Lunge weigert sich, sich vollständig zu füllen. Ich versuche, mein rasendes Herz zu beruhigen und richte mich dazu auf. Im Hohlkreuz strecke ich meinen Brustkorb, stelle mir vor, die Lunge könne sich aufblasen wie ein Luftballon. Das hilft mir immer, wenn ich diese furchtbare Beklemmung beim Atmen empfinde.

Der MP3-Player meldet durch abruptes Schweigen, dass der Akku geladen werden muss und dass das Gerät nun ausgeht. Die Stille verstärkt das Pochen des Herzens und das Sausen in meiner Lunge. Meine Gedanken schreien wild durcheinander, doch ich höre nichts Sinnvolles darunter und mache mich mit schleppenden Schritten weiter auf meinen Heimweg.

In meiner Wohnung riecht es nach den aufgewärmten Resten des Weihnachtsessens, wovon ich heute Mittag etwas auf dem Schreibtisch habe stehen lassen. Es ist spürbar wärmer als draußen, also werfe ich meine durchgeschwitzte Jacke in eine Ecke und lasse in einer anderen meine Tasche fallen. Die Schuhe ziehe ich stolpernd auf dem Weg zum Schreibtisch aus und lasse mich auf den Bürostuhl fallen.

Der Messenger öffnet sich und ich tippe, was ich sehr häufig tippe. «Thilo, bist du da?», erscheint auf dem Bildschirm neben meinem Nickname. Es dauert nur wenige Augenblicke, bis ich mit «Na klar, für dich doch immer» von meinem guten Freund lothi321 begrüßt werde.

Ich schreibe meiner virtuellen Bekanntschaft, dass ich Redebedarf hätte, weil mich alles und jeder störe. Mir scheint weder die Welt zu passen, noch scheine ich in diesen Momenten in mich selbst zu passen. Thilo erfährt innerhalb der nächsten Minuten alles über die Ablehnung meiner selbst.

Im Wartezimmer hätte ich lieber die Wand angestarrt, als mich mit der alten Frau zu unterhalten. Im Sprechzimmer fand ich es schrecklich, aber nicht überraschend, dass eines meiner Organe vielleicht – oder vielleicht auch nicht – an meinem missratenen Körper schuld ist. Mein Körper funktioniert, ebenso wie meine Psyche, schon seit Jahren nicht richtig, weil ich dazu bestimmt zu sein scheine, Krankheiten magisch anzuziehen und immer der Sündenbock für alles zu sein. Ich erzählte ihm von den Gedanken, die mich quälen sollten, aber beruhigen: Ich habe all das verdient. Ich bin der Fehler in der Welt, und all das Negative in meinem Leben ist mein eigenes Verschulden.

Durch das Tippen meiner Gedanken werde ich mir meiner Gefühle bewusst. Allmählich beginnen Probleme, die mir weder greifbar noch definierbar schienen, deutlicher und klarer zu werden. Trotz der Erleichterung durch ein gutes, tonloses Gespräch ohne die Mühe, den anderen anzusehen und die richtigen Worte mit richtiger Betonung und angemessener Mimik und Gestik zu formen, wächst gleichzeitig auch die gefühlslose Leere, die mich seit Monaten regelmäßig erfüllt.

Thilo lief mir vor etwa fünf bis sechs Jahren online über den Weg, als ich einige Nächte in einer Klinik verbringen musste. Von Ermüdungserscheinungen und Überforderung dahingerafft lag ich im Krankenhausbett und hatte nicht einmal mehr Freude daran, mit der elektrischen Steuerung des Bettes zu spielen. Von außen und in Filmen sieht so ein Bett mit Fernbedienung meist spaßiger aus, als es für den Patienten wirklich ist. Zumindest hat man keinen Spaß mehr daran, wenn man eigentlich nicht mehr leben möchte.

Die Depression wurde mir erst eineinhalb Jahre später diagnostiziert und auch da war Thilo für mich da, um mich zwischen Selbstzweifeln und -hass zu unterstützen. Das tat er meist durch Ablenkung, denn Rumblödeleien und Gedankenausflüge seien seiner Meinung nach die einzige Methode, mit einem Stimmungstief umzugehen. Meine Gedanken seien der Depression geschuldet, also keine echten Worte meiner selbst. Wenn eine Krankheit deine Gefühle bestimmt, sollte ich Thilos Meinung nach schlichtweg andere Emotionen in mein Leben lassen. Das probierte ich zwar, aber eigentlich immer kam die Depression durch, zog mich runter und erfüllte mich mit diesem ekelhaften Nichts. Es war, als zöge sie alles aus mir raus, und als würde Thilo mit seinen Ratschlägen unrecht haben.

Ich landete damals in einem Forum für Depressive und Angehörige. Eigentlich habe ich nur «Soforthilfe für Depressive» gegoogelt, weil ich einen dieser ganz akuten Tage hatte. Am liebsten wäre ich ins Krankenhaus gegangen, aber immer, wenn ich mich dazu entschließe, komme ich nicht einmal zur Haustür raus. Ich bin nicht suizidal. Und wenn man sich nicht umbringen will, ist die Depression nicht schlimm genug, schätze ich.

Und sowieso – würde ich ein paar Tage in der Klinik erholen und gut behandelt werden, bräche der Alltag danach wieder über mich herein. Die Depression käme zurück. Unheilbare Scheißerkrankung! Wie ein Messerstich in den Rücken tritt sie auf und versaut einem den ganzen Tag. Eine ganze Woche. Da das Internet nur Tipps wie Bewegung, gesunde Ernährung und Ablenkung für mich bereithielt, habe ich in diesem Forum einen Thread eröffnet und mir meinen Kummer öffentlich von der Seele geredet.

Thilo war sofort da. Er hat mir geantwortet, mir nach drei Forenbeiträgen seine persönlichen Kontaktdaten gegeben, und seitdem konnte ich endlich mit jemandem sprechen. Auch wenn ich mich zwischendurch furchtbar allein fühle, was im Alltag leider häufig der Fall ist.

«Wow, das ist eine Menge Holz», antwortet Thilo auf meinen ausführlichen Monolog. «Welche drei Dinge oder Ereignisse waren denn heute positiv?»

«Ich wurde nicht angegriffen oder ausgelacht», tippe ich entnervt. Hätte er nicht mehr auf meine Gedanken eingehen können? Bestimmt hat er nicht einmal gelesen, was ich geschrieben habe.

«Richtig positiv, meine ich.» Er fügt ein Emoticon an, das mit den Augen rollt. «Mein Tag war auch beschissen. Aber ich hatte ein super Mittagessen. Und das Wetter war schön. Also, es wurde erst scheiße, als ich wieder zu Hause war. Papa war nüchtern. Oder hat wenigstens so getan als ob.»

Thilo ist ein paar Jahre jünger als ich. Mit seiner bipolaren Störung ist er zumindest auf der depressiven Ebene mein Leidensgenosse und hat dafür im Gegensatz zu mir gute Gründe. Seine Kindheit war grauenhaft. Ein Elternteil miserabler als das andere, bis seine Familie auszusterben begann. Der Ärmste hat mit seinen zarten neunzehn Jahren bereits Mutter, alle Großeltern und einen Cousin verloren. Seinen Erzählungen zufolge ist er zu allem auch noch ein hochsensibler Mensch, empfindlicher als alle anderen. Und wird trotz allem noch weiter vom Leben geplagt.

Jetzt jobbt er viel und versucht, sich mit einem Säufer als Vater durchzuschlagen. Das Leben kann so hart sein, doch Durchhaltevermögen und echte Freundschaft haben Thilo zu dem widerstandsfähigen Menschen gemacht, der er jetzt ist. Wir lieben uns seit Jahren auf eine ganz besondere Weise. Es ist kein Körperkontakt notwendig und auch Bilder haben wir nie ausgetauscht. Auf sozialen Plattformen bleiben wir uns fremd und konzentrieren uns ausschließlich auf die inneren Werte des anderen. Wir sagen beide, dass nur die Persönlichkeit eines Menschen zählt. Dass meine Depression wohl durch all das Fett, das an meinem Körper hängt, ausgelöst wurde, kann ich Thilo natürlich nicht sagen. Es ist mir schon oft genug passiert, dass gute Internetbekanntschaften nach einem Outing meines Körpers von heute auf morgen geendet haben. Mit fetten Leuten will niemand etwas zu tun haben. Nicht, wenn sie so viel rumjammern wie ich.

«Was waren deine drei guten Dinge des Tages?», fragt Thilo.

Ich schüttele meine Gedanken ab und überlege kurz. «Ich musste nicht in der Arztpraxis übernachten. Und mir hat niemand hinterhergerufen. Außerdem habe ich noch Essen von heute Mittag hier. Das muss ich mir nur noch aufwärmen.»

«Und jetzt ohne Verneinung», befahl Thilo. «Du siehst nur das Positive in dem Negativen, was nicht passiert ist.»

«Es ist ja auch alles negativ! Ich hab eine beknackte Krankheit und darf Tabletten fressen. Die ist bestimmt für meine ganzen Probleme verantwortlich», eskaliere ich kurz. Tränen steigen mir in die Augen. Ich fühle mich gefangen und hilflos.

Thilo nimmt das aber alles andere als ernst. «Glückwunsch! Eine Diagnose ist etwas Gutes. Du weißt jetzt, woher deine Probleme kommen. Und wenn die Krankheit therapiert wird, geht es dir besser.» Die Tränen lösen sich aus meinen Augen und rinnen die Wange runter, während ich kurz auflache. Er hat recht. «Es ist alles eine Sache der Perspektive, Fiona. Du hast die Kontrolle, weil du es zulässt. Schon vergessen? Du lässt gerade zu, dass du alles negativ siehst. Würdest du das Ganze positiv sehen, würdest du dich nicht so hilflos fühlen.»

«Würde, würde, würde», tippe ich und schicke es ab, ohne zu wissen, was ich damit sagen will. Es passt mir nicht, wenn Thilo recht hat. «Es ist nicht so einfach», schiebe ich nach.

«Ich weiß.» Mehr antwortet Thilo nicht. Er macht mir Platz für weitere ellenlange Nachrichten.

Meine Therapeutin würde die Chats mit Thilo mit dem Schreiben eines Tagebuchs vergleichen, womit der Patient durch Selbstreflexion auf den Boden der Tatsachen zurückgeführt werden kann. Doch ich sehe und weiß es besser: Mein Ruhepol ist ein Mensch, dem ich vollkommen vertrauen kann, solange ich mich an gewisse Regel halte. Das Vertrauen Thilo gegenüber ist größer als das zu mir selbst. Und das soll schon etwas heißen; immerhin traue ich ihm zu, mich fallen zu lassen wie eine heiße Kartoffel, wenn er wüsste, wie ich aussehe.

Natürlich schreibe ich ihm das nicht. Aber ich klage über alles, worüber ich die Kontrolle haben müsste, sie aber nicht habe. Von wegen Perspektivwechsel! Thilo hat lediglich schlaue Worte, aber Wirkung zeigen sie nicht.

Seit Jahren schon drehe ich mich im Kreis. Nie hatte ich einen richtigen Freundeskreis, wie ich ihn mir schon immer gewünscht habe. Jammern ging immer nur allein. Oder online.

Mit jeder einzelnen gedrückten Taste verdichten sich meine Zweifel zu Verzweiflung. Ich tippe meine Sorgen und Probleme immer hastiger und spüre, wie ein Kloß in meinem Hals entsteht.

Thilo versucht, mich mit seinen Pseudo-Weisheiten zu beruhigen, doch seine Worte prallen von meiner Netzhaut ab. Ich verarbeite sie nicht weiter, habe den Tunnelblick auf mich selbst.

Wie kann es sein, dass ein junger Mensch Freunde in einem Selbsthilfe-Forum im Internet kennenlernt und nicht im echten Leben? Immer weniger Menschen finden sich bei gemeinsamen Hobbys zusammen. Im Gegenteil: Es wird zunehmend schwieriger, überhaupt gemeinsame Aktivitäten mit anderen Menschen zu organisieren.

Versager wie ich sind also dazu prädestiniert, welche zu bleiben. Einsamkeit ist Einsamkeit ist Einsamkeit. Ich entwickele spontan einen Hass gegen Dating-Portale, weil allein die Notwendigkeit solcher Online-Plattformen zeigt, wie unfähig wir heutzutage sind, uns auf offener Straße kennenzulernen.

Meine Finger tippen wie besessen. «Der Urlaub von Auszubildenden ist so knapp bemessen, dass man zu nichts kommt! Andere in meinem Alter planen ihre freie Zeit fürs Lernen, den Minijob oder für Zeit bei der Familie ein. Für mich tropft die Zeit Tag für Tag klebrig und dickflüssig vor sich hin. Ich kann nichts genießen, mich mit nichts belohnen, mein Leben nie ändern! Ich bin ein kläglicher Versager und kann einfach gar nichts. Ich hab das alles verdient.» Energisch presse ich die Enter-Taste. Meine Hände halten kurz inne.

Was habe ich da gerade getan? So etwas darf man nur denken, niemals sagen, würde meine Mutter jetzt sagen. Was das Chatfender Thilo am anderen Ende unserer Verbindung zeigt, ist beschämend und entblößend. Ich habe gerade zum ersten Mal gestanden, dass ich ein faules Stück bin. Im Urlaub komme ich zu nichts, und gleichzeitig vergeht die Zeit im Schneckentempo. Ich widerspreche mir selbst in einer Situation, in der ich emotional nackt bin. Auf der einen Seite behaupte ich, Zeit sei ach-so-wertvoll. Dabei habe ich diesen Spruch nur gelernt wie eine Lebensweisheit von Oma, die man jahrelang nachplappert. Bis man sie irgendwann begreifen sollte. Das ist bei mir nie geschehen. Zeit quält mich. Obwohl ich einsamer Versager immer Zeit habe, fehlt sie mir scheinbar, um mein Leben zu genießen. Oder fehlt etwas anderes?

«Mein Leben bietet keinen Raum für... das Leben» steht neben dem blinkenden Strich, der mich einlädt, meine Gedanken zu vollenden.

«Ich mache mir Sorgen um mich selbst», flüstert mein Verstand stimmlos in die kalte Wohnung hinein.

Ist das gefährlich?

Kaum habe ich mich mit mir selbst geeinigt, ob ich diese Gedanken unwiderruflich uploaden möchte, zucke ich zusammen.

Es hat an der Tür geklingelt.

Wo warst du denn?», werde ich begrüßt. Meine Mutter stürmt an mir vorbei in meine Wohnung und hinterlässt mit jedem Schritt grauen Tauschnee.

«Hallo Mutter.» Ich seufze erleichtert und genervt zugleich. Einen Besuch meiner Mutter habe ich weder erwartet noch erhofft. Aber sie ist mir lieber als jeder Fremde, der etwas von mir wollen könnte. Ich will zwar nicht mit meiner Mutter reden, aber es ist mir lieber als anderen Optionen.

– Haben Sie in letzter Zeit über die Bibel nachgedacht? Wir möchten Sie daran erinnern, dass Gott Sie liebt.

– Helfen Sie unserem Wanderzirkus mit einer Spende aus? Die Tiere, die wir für Ihre Belustigung quälen, brauchen Futter. Wir wollen uns von den Eintrittsgeldern lieber selbst versorgen.

– Kennen Sie Ihren Nachbarn? Er hat eine super eilige Same-Day-Lieferung bestellt, die unbedingt jetzt sofort zugestellt werden muss, aber er ist leider nicht da. Irgendwem muss ich das Paket jetzt unterjubeln.

Aber mein Besuch ist nur der viert-unangenehmste, den ich mir vorstellen kann. «Nenn mich doch nicht immer Mutter, Kind. Wie klingt das denn, Kind?»

Meine Mutter zerrt einen Putzlappen aus meinem Schrank und befreit den Boden um sich herum vom Schneematsch, den ihre Schuhe hinterlassen. «Du musst auf dein Laminat aufpassen, Kind», scherzt meine Mutter und richtet sich nach dem kurzen Putzanfall auf.

Seit sie ihre Midlife-Crisis laut eigener Aussage überstanden hat, ist meine Mutter furchtbar albern und versucht, cool zu sein. Sie ist eine Vorzeigemutter, durch die verständlich wird, warum so viele Jugendliche ihre Eltern peinlich finden. In meinen Teenager-Jahren war mir meine Mutter nie peinlich. Erst, seit ich nach dem Abitur meine eigene Wohnung bezogen habe, holt sie nach, was sie in meiner Jugend verpasst hat. Thilo vermutet, dass sie mich vermisst. Und dass sich das insbesondere dadurch verstärkt, dass mein kleiner Bruder nun auch auf eigenen Beinen steht. Muss einsam sein, ganz allein mit der Liebe seines Lebens in einem viel zu großen Haus zu hocken.

Früher war meine Mutter eine engstirnige und leicht konservative Frau, die immer zur richtigen Zeit Verbote ausgesprochen und Grenzen gezogen hat. Bis vor Kurzem dachte ich, ich hätte davon gelernt, doch glaube ich inzwischen, dass mit mir und meiner Erziehung etwas gründlich schief gelaufen sein muss.

Mein Bruder Paulchen hingegen ist ein Überflieger. Im Gegensatz zu mir wusste er nach der Schule, was er tun wollte und hat sich eigenständig um Studium, Freundin, Finanzen und den Umzug gekümmert.

Hier steht also die Schwester eines intelligenten Studenten, der etwas Hochintellektuelles mit Maschinen lernt. Die Tochter einer Mutter, die Lebenskrisen durchgestanden hat, ohne mit der Wimper zu zucken.

Ein Häufchen Elend, aus dem nichts Anständiges geworden ist und dennoch mit den beiden Helden verwandt ist.

«Tee?» Ich stehe bereits mit dem Wasserkocher an der Spüle und halte ihn unter den Wasserhahn.

«Gerne.»

«Mate oder Rooibos?» Ich habe keine Lust auf Tee.

«Hast du diesen leckeren Rotbusch-Erdbeer-Sahne-Vanille-Tee?», fragt meine Mutter und schlendert zu meinem Schreibtisch.

«Rooibos heißt das. Rotbusch sagen nur alte Mütter, Mutter», versuche ich zu blödeln. «Es gibt entweder Rooibos-Vanille oder ... das andere. Aber nicht Erdbeere mit Vanille.»

«Rooibusch, Rotbos, Rotbusch, das ist doch völlig schnurz! Ich hätte gerne Rotbusch-Erdbeer-Sahne, ohne Vanille. Ist das so richtig, Kind?»

Ich stelle zwei kochend heiße Tassen mit frisch aufgebrühtem Matetee auf den Tisch. «Rotbusch ist leer, Mutter.»

«Wie geht es deinem Freund Paul?», möchte die vom Matetee angewiderte Mittfünfzigerin wissen.

«Das da auf dem Bildschirm ist Thilo, falls du den meinst.»

Ich bin mir sicher, dass sie vorhin an meinem Schreibtisch den Chatverlauf sehen konnte und sich sorgt, dass es ihrer missratenen Tochter schlecht geht. Sicherlich tut sie entspannt, um mich nicht noch mehr zu beunruhigen, weil sie meinen tiefbetrübten Gedankensturm gelesen hat.

Aber sie reagiert anders als erwartet: «Bildschirm? Du schreibst immer noch mit dieser Internetbekanntschaft? Ich dachte, aus dem Alter seid ihr lange raus.»

Ich verdrehe die Augen und nehme einen großen Schluck Tee. Das Gute ist, dass sie keinen Chatverlauf las. Das Schlechte ist, dass meine Mutter mich prinzipiell in der Mehrzahl anspricht und damit meinen Bruder und mich zugleich oder häufig auch die gesamte Jugend von heute meint.

«Heute ist das anders», antworte ich.

«Wie, was soll denn anders sein? Ihr schreibt doch noch immer per Chat, genau wie vor Jahren schon!» Meine Mutter ist verwirrt. Das Internet ist an sich kein Neuland für sie und sie ist auch nicht doof, aber sie hat noch immer ihre Problemchen mit der Sicherheit im Web. Am liebsten wäre ihr eine Zugangskontrolle, die durch den Personalausweis, Fingerabdruck und einen Scan des Führungszeugnisses bewältigt werden kann.

«Aber heutzutage gibt es soziale Plattformen. Da ist man nicht mehr anonym und kennt sich richtig gut. Das ist sicher.»

«Hat Thilo ein Foto auf Facebook?» Sie schaut maximal unbegeistert in ihre Teetasse und kontrolliert mit einem flüchtigen Blick, ob ich bemerke, wie unbegeistert sie in ihre Teetasse schaut.

«Seit wann bist du denn auf Facebook?»

Sie winkt ab. «Da bin ich doch gar nicht. Aber dein Vater schreibt da mit seinen alten Schulfreundinnen und da haben wir uns gedacht, machen wir uns einen gemeinsamen Account auf.» Was dachte ich noch gleich über die Uncoolness und Peinlichkeit meiner Mutter? Ein gemeinsamer Account sprengt jede Vorstellung eines peinlichen Elternteils. Dabei kann es mir eigentlich egal sein. Immerhin bin ich die missratene Versagerin, ob mit oder ohne Online-Mutter.

«Aha ... Also nein, Thilo hat kein Foto auf Facebook. Wobei er das vielleicht haben könnte. Ich weiß es nicht, wir haben uns nie den vollen Namen oder Fotos ausgetauscht.»

Wenn ich so recht darüber nachdenke, ist es von außen schwer nachvollziehbar, wie meine Beziehung mit Thilo abläuft. Wir kennen uns so gut und gleichzeitig so schlecht. Wieder einmal merke ich, dass ich mir widerspreche. Wie sollte ich es auch vermeiden, immerhin weiß ich nicht einmal, wer ich bin. Einer der vielen Gründe, warum ich mich selbst hasse. Ich schüttele den Kopf, um diese Gedankenspirale loszuwerden.

«Also ist es sehr wohl noch wie früher. Du weißt doch gar nicht, wer er ist.» Das Gespräch dreht sich im Kreis. Wenn ich daran denke, dass ich eben noch am Boden zerstört war und jetzt versuche, ein harmloses Alltagsbild abzugeben, wird mir übel. Zum Glück hilft mein Lieblingstee. Mate-Tee trinke ich fast ausschließlich zu Anlässen, bei denen ich für eine überwundene Hürde eine Belohnung verdient habe. Meistens ist es eine Herausforderung, überhaupt das Bett zu verlassen, aber Mate-Tee ist für die besonderen. Kindern, die kein Mathe können, soll man nach jeder korrekt gelösten Matheaufgabe eine kleine süße Belohnung geben, sodass das Gehirn etwas Positives mit Mathe verbindet. Wenn der Matetee meine Süßigkeit ist, sind Besuche meine Hausaufgaben.

«Natürlich weiß ich, wer er ist. Wir schreiben doch seit Jahren. Und durch Anonymität kann nichts passieren.» Meine Nase wird vom Dampf des Tees mit Feuchtigkeit benetzt. Das mochte ich schon als Kind sehr gerne.

«Aber Facebook ist doch angeblich so sicher? Wozu denn die ganze Anonymität?»

«Mama, einen bösartigen Triebtäter kann man immer und überall finden. Davor ist niemand im Web geschützt.»

«Ich mache mir ja nur Sorgen», betont meine Mutter und streckt die Arme über dem Kopf aus, um sich mit einem lauten Gähnen zu dehnen. «Also, wie geht es Paul?»

Das bringt mich ins Grübeln. Wie geht es eigentlich Paul? Meinem anderen besten Freund. Dem, wie er es immerzu unterstreicht, echten besten Freund? Bevor Paul mit einem Erste-Klasse-Ticket im ICE in den Weihnachtsurlaub in die Schweiz zu seiner Familie gefahren ist, habe ich ihn auf einem Weihnachtsmarkt gesehen, wo er mir Glühwein ausgegeben hat. Zwei Bekannte waren dabei, sodass ich nicht dazu kam, ihn zu fragen, wie es ihm geht und wie sehr er sich auf Weihnachten in der Schweiz freute. Pauls Familie ist so reich, dass man sich zwischen den Kleinen Amelia und Frederic, Paul und dem großen Bruder Wolfgang gut goldene Weihnachtsbäume und aus England importierte Pinguin-Butler vorstellen kann.

Mit Wolfgang verstehe ich mich auch ganz gut. Angefangen hatte diese Sympathie, als ich an einem lustigen Abend unter Alkoholeinfluss die Vermutung aufstellte, dass in den Neunzigerjahren nur reiche Leute ihren Erstgeborenen Wolfgang nennen durften. Glücklicherweise fand er das genauso amüsant. Ich hatte nicht geahnt, dass er das Gespräch anhören konnte. So hatte sich Wolfgang als sympathischer Mensch geoutet.

Aber warum Paul nicht eine einzige SMS aus der Schweiz schreibt, wundert mich. Ich habe ihn gefühlt seit Wochen nicht gesehen und erinnere mich nicht mehr daran, ob wir uns für diese längere kontaktlose Zeit verabschiedet hatten.

Ich wechsle das Thema, um nicht weiter über Paul nachzudenken. Eine volle Stunde sprechen wir über dieses und jenes, über meinen kleinen Bruder Paulchen, ausweichend über manches, das mich betrifft, und nicht zuletzt über die Frage, mit der meine Mutter zuvor ins Haus gestürmt kam. Sie wollte wissen, wo ich war. Ich erzähle vom Arzt und der Schilddrüse. Aber gleich danach erwähne ich die schmuddelige Wand im Wartezimmer, das viel zu kalte Wetter, beschwere mich über die Wartezeit bei Dr. Oslek und versuche, die Aufmerksamkeit von der Diagnose abzulenken.

Aber meine Mutter beginnt mit Rückfragen. Sie quasselt von Sorgen und fragt, wie es mit mir weitergehen soll. Auf einmal erfasst mich ein Geistesblitz.

Ich werde alles ändern. Von Anfang an, vom Neujahrstag an. Einfach anders sein, dieser Wunsch brennt plötzlich in mir auf wie ein Feuer in einer trockenen Scheune. Alles wird von diesem Bild von mir niedergerissen, das Bild von dem Menschen, der ich sein möchte – nein, sein werde.

Eine schlanke, glückliche 24-jährige Auszubildende, ach, was sage ich, Berufseinsteigerin mit einem ordentlichen Gehalt durch die brillante Leistung in der Abschlussprüfung, das sehe ich vor mir. Die junge Frau sieht mir ähnlich, nur verkörpert sie alles Gute, das ich mir je erträumen können werde. Meine Ausbildung ist im folgenden Jahr tatsächlich vorbei – und ich habe noch nicht einmal das gelernt, was ich nach meiner Zwischenprüfung nachholen wollte. So oder so werde ich die Prüfung aber bestehen und im kommenden

Jahr das erste Mal gefühlt unendlich viel Geld haben, bei den Reichen mitspielen können und auf dem Arbeitsmarkt so richtig etwas wert sein. Übernommen werde ich von meinem Betrieb ohnehin – denn die sind alle sehr nett zu mir und kennen mich schon seit fast drei Jahren. Obwohl ich nicht weiß, ob ich nur aus Bequemlichkeit dort bleibe. Eigentlich finde ich meine Arbeit ja schon zum Kotzen. Aber das ist wohl normal. Nicht umsonst jammert die ganze Welt am Montag, dass die neue Arbeitswoche beginnt. Das Leben findet am Wochenende statt – die größte Lehre, die ich aus meiner Ausbildung ziehen konnte.

Ich stelle mir vor, wie ich nur das esse, was gesund ist, und ständig Sport mache, nicht, weil ich die Anstrengung liebe oder weil es in meinem Zeitplan steht, sondern weil Sport für mich zur selbstverständlichen Gewohnheit geworden ist.

Vor mir sehe ich ein Ich mit geschmackvoller, authentischer Kleidung, die man sich durchaus zu kaufen leisten kann, wenn man nicht durch stetige Gewichtszunahme alle drei bis vier Monate eine neue Kleidergröße hat. Ich stelle mir vor, wie ich meine Wohnung aufmotze – es muss nicht gleich eine größere und bessere Wohnung sein. Denn wenn ich nach der Ausbildung weiterhin in dieser Wohnung wohne und das Doppelte, wohl aber eher das Dreifache verdienen werde, könnte ich endlich mal etwas Gutes tun. Sauna. In den Urlaub fahren. Mir etwas gönnen, was ich mir dann auch wirklich verdient haben werde. Oder meinetwegen für irgendwas spenden. Momentan läuft meine Ausbildungsvergütung wie ein durchlaufender Posten durch mein Konto. Das Geld wird zwei Tage nach Zahlungseingang von der Mietlastschrift gefressen. Dabei würde ich so gerne ein Fitnessstudio bezahlen, einen Sprachkurs belegen und insgesamt einfach interessanter werden.

Das alles werde ich nur realisieren können, wenn ich psychisch stabil und nicht voller Selbsthass, Zweifel, Sorge und Panik bin. Ich werde es nur erreichen können, wenn ich meinen Lebensstil verändere und radikal alles neu mache. Neu machen, das will ich, genau so, wie ich es will. Ich nehme mir vor, so bald wie möglich damit zu beginnen, so zu leben, wie mein Zukunfts-Ich leben soll, damit sich Körper und Geist schnell anpassen.

Mir geht ein Licht auf. Das hatte mein Psychologe also gemeint, als er mir damals die Reizpunktmethode erklärt hat. Bei dieser Methode zur bewussten Gedankenmanipulation klebt man farbige Punkte an bestimmte Stellen, denen man im Alltag häufig begegnet und verknüpft jede Farbe mit einer Aussage. Diese Aussagen denkt man immer, wenn man den Punkt sieht und irgendwann ist man daran gewöhnt, regelmäßig diese Aussage zu denken, sodass man sie sich vor dem geistigen Auge auch ohne bunten Klebepunkt formuliert. So formt der fleißige, brave Patient nach und nach sein Denken um und bekommt eine neue, positive Überzeugung. Ich werde diese Methode anwenden. Endlich werde ich auch sämtliche anderen Methoden umsetzen, die mir mein Therapeut ans Herz gelegt hat. Und es wird klappen! Es muss klappen.

Meine Motivation beginnt, in mir aufzuflammen und eine nie da gewesene Zielstrebigkeit und Leidenschaft für meine eigene Zukunft zu schaffen. Ich fühle mich nicht mehr hoffnungslos.

Voreilig platzt die Idee aus mir heraus. Ich erzähle meiner Mutter vom Plan, alles zu ändern. Ich erzähle ihr auch davon, wie ich aussehen möchte und wie mein Leben später sein wird, was ich mir leisten kann und allen voran, dass ich weder Übergewicht noch Depressionen noch Burnout haben werde, und dass damit automatisch Knie- und Atemprobleme, die Selbstwertprobleme, die mich so schüchtern machen, und meine faule Ader verschwinden werden.

«Fiona, fahr dich doch mal runter», fordert meine Mutter, «das wirst du niemals schaffen!»

Die Wände der offenen Wohnküche der WG sind ungewöhnlich hoch. Es ist dunkel, Musik wird von Gesprächen der kleinen Grüppchen verschluckt und ich kann mich noch nicht entscheiden, ob ich die Schuhe ausziehe oder gleich auf dem Absatz kehrt machen sollte.

Als hätte er meine Gedanken gehört, kommt Paul mit einem halbleeren Rotweinglas auf mich zu. Passend zu seiner überteuerten Markenbrille hängen dunkelrote Kopfhörer um seinen Hals. Das Kabel führt in die Hosentasche und hinterlässt dort einen einsamen Klinkenstecker ohne Anschluss, wie ich vermute. Paul missbraucht Kopfhörer oft als Accessoire und würde damit auf Unverständnis stoßen, wenn es mehr Menschen als ich bemerken würden. Man soll zu sich stehen und zeigen, was man hat, sagt mir mein bester Freund immer.

«Fiona, da bist du ja», ruft er mir gekonnt beherrscht entgegen. Ich vernehme, dass sein Mund lallen möchte. Aber Paul hat Übung mit Alkohol und kann sich gut zusammenreißen. Er drückt mir sein Weinglas in die Hand, «heute feiern wir mit Glühwein.» Ob des siedend heißen Rotweinglases stoße ich einen spitzen Schrei aus. Paul nimmt es mir wieder ab, indem er es am Stiel anfasst. Cleverer Profi. Sollte ich mir abgucken, die Methode.

Der angetrunkene Paul sagt, er möchte mir etwas zum Kühlen holen und fragt, ob ich mich denn verbrannt hätte, da werden wir von einem lauten Knall und bebenden Fensterscheiben abgelenkt.

«Alter, heftig!», höre ich Leute sagen und einzelne von ihnen zerstreuen die Grüppchen.

Paul läuft zu mir fremden Personen an einem der hohen Fenster. Ich reihe mich ein, halte aber lieber Abstand von der Menschentraube an den Fenstern und recke vornehm meinen Hals. Der illegal importierte Polen-Böller wurde schon zum Platzen gebracht, es gibt nichts mehr zu sehen. Die Taffsten unter den coolen Jungs wagen sich in die klirrende Kälte zu dem Helden, der auf offener Straße versucht, den Gullideckel und wohl auch die gesamte Kanalisation in die Luft zu jagen.

Ich lasse meinen Blick schweifen und entdecke Paul, so gehe ich auf ihn zu, um nicht allein in einem Raum voller Paare und Cliquen zu stehen. Doch der Versuch, mich an Paul zu hängen, scheitert, als eine viel zu kalt angezogene Brünette meinen Weg kreuzt, sich Paul an den Hals wirft und ihm etwas ins Ohr brüllt. Paul brüllt etwas zurück, sucht Abstand zu dem Mädchen, lächelt sie an und deutet anschließend auf den Buffettisch, unter dem sich Bierkisten befinden. Mit ihrem ausladenden Hinterteil macht sie sich mit ihm auf den Weg, selbstredend ohne eine Gelegenheit des Körperkontaktes zu meinem besten Freund auszulassen.

Die Menschen vor den Fenstern widmen sich wieder der Musik und dem Alkohol. Ich gehe ans Fenster. Bloß eine Gruppe lebensmüder Spätpubertierender, die mit Feuerzeugen hantierend um eine Box herumstehen und sich überlegen, was man als Nächstes in die Luft jagen, erschrecken oder gar töten könnte. Auf der Fensterbank steht Pauls halbleeres Rotweinglas – mit Lippenstift an einer Seite.

An den kann ich mich nicht erinnern, trage selbst keinen. Verstohlen greife ich zum Glas, um annähernd so beschäftigt und amüsiert aussehen zu können wie die anderen und wippe leicht zum Takt der viel zu lauten Musik.

Was würde die neue Fiona tun? Was würde sie denken? Sicherlich würde sie Gespräche mit fremden Menschen anfangen und dabei die Liebe ihres Lebens entdecken, eine nie da gewesene beste Freundin kennenlernen oder andere wertvolle Erfahrungen machen, die sie noch ihren Enkeln erzählen würde. Das neue Ich soll unabhängig und selbstbewusst sein, keinesfalls depressiv oder im Selbstwert eingeschränkt. Ich werde in ein paar Stunden im neuen Jahr so leben, wie ich es mir vor wenigen Tagen erträumt habe, und schöpfe plötzlich neue Motivation. Das Feuer, das in mir brannte, als ich die Idee des neuen Ichs bekam, lodert wieder auf. Plötzlich sehe ich die viel zu laute Musik als Einladung, mit einer gewissen Anonymität in dieser fremden Wohnung herumzulaufen. Die Leute sind mit allem anderen beschäftigt. Nicht mit mir. Niemand kennt mich. Ich bin nicht interessant genug, dass man mich verurteilt. Wie in einer grauen Stadt, in der Masse einer überfüllten Fußgängerzone kann ich Dinge tun, die niemand bemerkt und mich gehen lassen. Mein Körper saugt die Musik in sich auf und schwankt mit dem inzwischen etwas abgekühlten Glühwein im Rotweinglas ausladender hin und her. Meine Füße verlassen fast jede zweite Zählzeit den

Boden und latschen wieder auf dieselbe Stelle. Tanzen nennt man das, wenn man es gut mit mir meint. Kaum frage ich mich, was die alte Dame aus dem Wartezimmer bei Dr. Oslek ihren Enkeln oder neugeborenen Urenkel erzählen wollen würde, da werde ich angerempelt.

Ich werde angerempelt. «'Tschuldigung», raunt eine viel zu beschäftigte Türkin. Sie wirkt, als sei sie auf der Durchreise von Freundeskreis 1 zu Freundeskreis 2 und habe alle Hände voll zu tun, den Verpflichtungen ihrer Beliebtheit nachzukommen. Ihre Augen weiten sich, das gesamte Gesicht erhellt sich. «Fiona, ist nicht wahr! Du bist hier? Kennst du mich noch?»

Ich blinzele. «Elif, hallo!», erkenne ich sie und werde mit einer übertrieben herzlichen Umarmung begrüßt. Elif war bis zum Ende der Mittelstufe in meiner Klasse und ein furchtbar anstrengendes Weib. Sie hat zu meinen Selbstwertproblemen beigetragen und mich nach meiner Zeit in der Klinik damit aufgezogen, dass meine Psyche nicht so funktioniert wie sie soll.

«Wow, wir haben uns lange nicht gesehen», sagt das neue Ich und betrachte Elif.

«Du hast dich kein Stück verändert.» Sie schaut an mir herunter. «Trinken wir einen zusammen?»

«Wohl eher zwei!», brüllt die neue Fiona. «Du musst mir erzählen, wie es dir ergangen ist!»

Wir kraulen uns durch die dichte Menschenflut und gelangen zum Bierkasten unter dem Buffettisch.

«Ich habe eine Ausbildung zur Verkäuferin gemacht und will jetzt irgendwann einen Fachwirt draufsetzen», erklärt Elif.

«Ich bin im dritten Lehrjahr und habe keine Ahnung, ob ich überhaupt langfristig in den Beruf passe», entgegne ich ihr. «Ich werde Mediengestalterin Digital und Print und doktore den ganzen Tag an Fotos von Models rum.» Wir prosten uns zu.

Das Bier schmeckt herrlich kalt und die alte wie auch die neue Fiona genießen es sehr, ein Bier mit einem guten Gespräch zu kombinieren, auch wenn Elif nicht die Gesprächspartnerin ist, die ich mir erhofft hatte. Verstohlen schweift mein Blick über das Geschehen um uns. Ich hoffe, Paul zu entdecken. Gleichzeitig regeln Mund und Ohren das Gespräch mit meiner ehemaligen Klassenkameradin, ohne dass ich mich so recht daran beteilige.

«Bist du in der Oberstufe noch sitzen geblieben? Die anderen sind mit ihrer Ausbildung fertig», brüllt Elif während des sagenhaften Drops des Dubsteps, der aus der Bassbox hinter uns auf den Raum zurollt, «oder die studieren noch.»

«Ich habe ein Sabbatjahr gemacht.»

«Was? Bist du Jüdin?» Elif verdeutlicht ihren Scherz durch einen zaghaften Schlag gegen meine Schulter und Augenklimpern.

Meine Augen melden dem Gehirn, dass es sich anderweitig beschäftigen muss. Sie haben nämlich Paul entdeckt. Er steht nicht unweit vom Fenster entfernt, an dem er von der brünetten Powacklerin entführt wurde, und ist von ihr und zwei ihrer Kolleginnen umzingelt. Bestimmt sind diese Frauen Gangmitglieder und sie tauschen sich untereinander über Beautyprodukte und Schminktipps aus, glühen für eine Feier zusammen vor und machen sich gemeinsam die Haare. Paul lehnt lässig an der Marmorsäule und sonnt sich in der Aufmerksamkeit der Mädels, die an seinen Lippen hängen.

«Ich habe ein Jahr lang dies und das gemacht», lüge ich.

«Ach so, Au Pair wahrscheinlich. Also du warst im Ausland oder hast irgendwo gearbeitet?»

«Nein, ich war hier in Deutschland und habe alles Mögliche ausprobiert», lautet meine schwammige Antwort. Ich füge ich hinzu, dass ich meine Phase der Orientierung mit Minijobs und Praktika überbrückt habe. «Und bist du noch mit deinem Freund zusammen?» Hoffentlich rettet mich der Themenwechsel.

«Schon lange nicht mehr, der war ein perverser Arsch. Und bist du endlich mit deinem Freund zusammen?»

Tatsächlich hatte ich noch nie einen. Zumindest keinen Brauchbaren, der über vorpubertäre Experimente hinausging. «Welchen Freund meinst du?»

«Na, diesen reichen Typen, mit dem du immer jede freie Minute abgehangen hast. Da hat doch jeder gleich gesehen, dass ihr wie Arsch auf Eimer passt.»

Ich schaue kurz zu Paul und seiner Hühnerschar.

Dieser bemerkt, dass wir zu ihm rübersehen und Elif winkt prompt. Paul winkt uns zu sich. Er will wohl, dass wir seinen Fanclub erweitern. Na, das kann ja heiter werden. Elif schaut mich fragend an. Ich kippe mein Bier auf ex und öffne eifrig das nächste, um mich bloß in der anstehenden Situation beschäftigen zu können.

Chantal, Penelope und Sandy, so nenne ich heimlich Pauls Fangirls, machen dem jungen Mann schöne Augen und himmeln ihn an. Elif und ich stehen in der Runde, die Elif mit «Hey, Süße» und «Verdammt, siehst du heiß aus, du Luder» begrüßt und auf die Wangen geknutscht wird.

Paul gibt Elif einen festen Händedruck und sein charmantestes Lächeln. Darauf bin ich seit Jahren stolz, dass Paul stets Abstand von Fremden sucht, das aber nicht neurotisch wie ich, sondern sympathisch und professionell zeigt.

Sobald ich herausgefunden habe, dass sich das Gespräch um Brillen als modisches Accessoire dreht und ich das als Tiefpunkt des Abends bewerte, bedauere ich, dass ich nicht weiter mit Elif plaudern konnte.

Sie hat nur Augen für die anderen. Er scheint mich ebenfalls zu ignorieren. Bevor ich mich innerlich gegen diese Ignoranz auflehnen und unsere Freundschaft in Frage stellen kann, durchbricht die Powacklerin das Gespräch: «Lasst mal nach draußen gehen. Ich muss jetzt echt mal eine rauchen.»

Die Mädels setzen sich in Bewegung und Elif sieht Paul fragend an.

«Ich komme gleich nach», höre ich Paul gedämpft durch die Musik schreien. «Ich hole nur kurz Bier.»

Die Fangirls nicken und verschwinden in der Menschenmasse. Ich fühle mich erleichtert, weil ich dieser Gruppe nicht mehr angehören muss.

Es war ohnehin unangenehm, in einem Kreis mit fünf weiteren Leuten zu stehen, zu schweigen und sich Gedanken zu machen. Gedanken darüber, wie langsam man sein Bier trinken muss, sodass man beschäftigt und amüsiert aussieht, aber dennoch nicht zu schnell neues Bier holen muss. Andererseits fühle ich mich verlassen, zücke aber geschickt mein Smartphone und beginne, eine Nachricht an niemanden zu tippen.

Ganz unerwartet liegt eine warme Hand auf meiner Schulter und dreht mich dominant um. Paul steht nahe vor mir, zwischen uns passt nicht mehr als die

Bierflasche, die er mir vor die Nase hält. Er grinst, ich stecke das Handy weg und nehme die Flasche an mich. Dabei muss ich lächeln.

«Tut mir leid, das war ein komplizierter Start. Aber jetzt können wir uns mal unterhalten», sagt er.

«Danke, dass du mich eingeladen hast!»

«Ohne dich will ich doch gar nicht Silvester feiern.»

«Du bist so süß, wenn du unsere Traditionen weiterführen willst», erwidere ich und nehme einen großen Schluck von meinem Bier. Mein voriges Bier hat sich in der kurzen Zwischenzeit schon wieder verflüchtigt. Ich muss über den schnellen Bierschwund schmunzeln.

«Amüsierst du dich denn gut? Oder soll ich lieber mehr bei dir bleiben?»

«Na ja, es ist schon merkwürdig, wieder einmal niemanden zu kennen.»

«Ich kenne die meisten Leute hier auch nicht. Ich spreche einfach mit irgendwem über irgendwas und habe Spaß.» Wenn ich mich nicht irre, glaube ich, dass Paul mir dadurch ein Stück näher gekommen ist.

«Du weißt, dass das nicht mein Ding ist.»

«Was ist nicht dein Ding?» Paul hickst und stellt sein leeres Bier auf einen Tisch. Inhaliert er das Zeug?

«Das mit den Menschen. Soziale Kontakte, offen auf Leute zugehen und so», erkläre ich und rücke näher an Paul heran. «Das weißt du doch.» Allmählich bereiten mir Dezibel und Alkohol Kopfschmerzen.

«Ja, klar …» Er schaut kurz auf den Boden. «Mach dich mal locker, Fiona. Wir trinken jetzt ein, zwei Drinks und dann zeige ich dir die Welt des ungehemmten Feierns.»

«Danke, genau so machen wir es. Na dann los, ich freue mich!», stimme ich ihm zu und freue mich sogar wirklich ein bisschen.

Ich frage mich, wie viele Menschen in diese offene Küche hineinpassen und wie viele Leute in der WG wohnen. Wenn man davon ausgeht, dass nur Studenten oder Auszubildende hier wohnen, also die durchschnittlichen Junggesellen, müsste man sich diesen großen Raum mindestens durch sechs Personen finanzieren.

Ich bin mir sehr sicher, dass einer der Mitbewohner für seinen Anteil an diesem Haus weniger bezahlt als ich für meine Einzimmerwohnung. Doch zu Neid bin ich nicht in der Lage, denn die Menschen um mich herum schwanken, als seien sie auf einem Schiff. Ich wäre dann das Meer, das die Menschen zum Schwanken brächte. Wobei es logischer wäre, wenn die Menschen um mich herum das Meer wären und ich das Schiff, obwohl meine Umwelt schwankt und nicht ich. Ein Blick auf meine Füße verrät mir, dass ich fest auf beiden Beinen stehe.

Pauls Hand berührt mein Kinn und schiebt meinen Kopf wieder in die Horizontale. «Es ist bald Mitternacht», brüllt er und erreicht viel zu leise mein Ohr.

«Was?», entgegne ich.

Paul legt die Hand über meine Schulter. Sein Gesicht ist direkt neben meinem und sein Mund nur wenige Zentimeter von meinem Ohr entfernt.

«Es ist bald Mitternacht. Willst du mit mir das Feuerwerk ansehen? Oder böllerst du inzwischen auch selbst?»

«Wieso bares Geld anzünden, wenn man sich das Feuerwerk auch kostenlos anschauen kann?»

Kurze Zeit später frieren wir nebeneinander vor dem Haus und beobachten die ersten Leute, die Raketen abfeuern und Sektgläser aus Plastik zum Anstoßen befüllen. Der Alkohol in meinen Blutbahnen wärmt mich von innen, Paul wärmt mich von außen. Beides lässt mich mich wohlfühlen. Also lächele ich zufrieden und trinke. Was auch immer da in meinem Glas ist, es scheint mir gutzutun, aber auch die Welt ein wenig schwankender zu machen. Doch Paul ist meine Stütze.

Mir fällt ein, dass ich ihm noch gar nicht von der neuen Fiona erzählt habe und dass er in meine Pläne eingeweiht werden soll. «Paul, ich muss dir etwas sagen.»

«Wie bitte?», lallt er. «Noch fünf Minuten.»

«Ich will nicht wissen, wann Mitternacht ist», rufe ich lauter. Ich verdamme denjenigen, der vor einer halben Stunde die gesamte Musikanlage nach draußen verlegt hat. Hinter Paul und mir steht die Bassbox, also ziehe ich meinen besten Freund aus der Menschenmasse heraus, weg vom Lärm, um ihm in den letzten fünf Minuten des Jahres von meinem neu beginnenden Leben erzählen zu können.

An dem Ort angekommen, an dem ich mich außer der Reichweite der pressluthammerlauten Musik fühle, versuche ich erneut, Pauls Aufmerksamkeit zu gewinnen. Ich möchte ihm sagen, dass in ein paar Minuten ein neues Leben für mich beginnt. Mein bester Freund soll daran teilhaben.

Doch plötzlich drücken Hände gegen meinen unteren Rücken, mein Oberkörper wird gegen Pauls gedrückt und sein heißer Atem ist in meinem Gesicht zu spüren.

Er presst seine Lippen auf meine und seine Zunge wühlt in meinem Mund herum. Ich erwidere diesen befremdlichen Kuss und verschiebe meine Verwirrtheit auf später. Menschen um uns herum schreien sich «Frohes Neues» zu, stoßen Gläser gegeneinander und zünden das Feuerwerk.

Paul und ich vergraben uns tiefer ineinander und seine Atmung wird schneller. Das Kribbeln in meiner Kehle weitet sich auf den gesamten Körper aus und ich öffne kurz die Augen, um zu prüfen, ob das alles wirklich passiert. Das kurzweilige Bild von der Welt um mich herum verrät mir, dass alles wie vorher ist, nur dass es noch ein wenig mehr schwankt, was nicht zuletzt daran liegt, dass Paul mich mit kleinen Schritten rückwärts schiebt, bis ich gegen die Hausmauer gelehnt bin. Er drückt mich mit seinem Unterkörper gegen die Wand.

«Frohes neues Jahr, ihr Süßen», stört Elif. Augenblicklich stoßen Paul und ich uns voneinander ab. Mein Gesicht ist röter als jemals zuvor, Paul wiederrum schaut nur besoffen aus.

Unter Neujahrsglückwünschen wir Elin und bekommen zwei Sektgläser in die Hand gedrückt. Meine alte Klassenkameradin zwinkert mir zu. «Also doch zusammen, oder?» Sie will mit den Worten «Ich freue mich so für euch» auf mich zukommen und mich knuddeln, da sagt die neue Fiona: «Ach, Quatsch. Zwischen uns läuft nichts.»

Paul wirft mir kurz einen fragenden Blick zu und ergänzt: «Wenn Fiona und ich beide Singles sind, kann man doch mal ...»

«Schon gut, mehr muss ich nicht wissen», unterbricht Elif ihn. «Kommt ihr jetzt mit uns feiern, oder wollt ihr ... das da ... noch zu Ende führen?»

Ich schmecke dem Kuss hinterher und versuche, Elif nicht mit meinen Blicken zu töten.

Was können wir mal, Paul? Ich nehme es Elif übel, dass sie uns unterbrochen hat, denn ich würde unheimlich gerne wissen, was Paul und ich seiner Meinung nach können, wenn wir beide Singles sind. Mir ist diese Situation ungeheuer und neu. Ich weiß nicht einmal, was ich denken soll, also vermeide ich ein tiefgreifendes Gespräch.

Ohne Paul anzusehen entscheide ich, dass wir mit den anderen feiern wollen. Die neue Fiona will etwas erleben, in mir verlangt alles nach neuen Menschen, Erfahrungen und Lockerheit. Also: viel mehr Alkohol.

I ch sehe Farben.

Die Farben sind bunt.

Bunte Farben sind gut.

«Gibst du auch nochmal ab?», fragt John und greift mit seiner Hand ins Leere.

Ich nehme einen tiefen Zug und gebe die kleine, brennende Quelle des Glücks weiter. Das neue Jahr hat vor einigen Stunden begonnen und die meisten Gäste sind verschwunden. John und Marius wohnen in dieser Wohngemeinschaft und studieren an der nahegelegenen Universität. Marius studiert Ökotrophologie, weshalb er vielleicht nicht mit mir spricht, weil er auf gesunde Ernährung spezialisiert und übergewichtigen Menschen wohl abgeneigt ist. Sein Freund John hat Paul und mich dazu verleitet, mit den anderen um die Feuertonne herum Platz zu nehmen und sich im Rauch von Cannabis zu baden. Zu Paul und mir musste die Tussi, die ich im Geiste Chantal nenne, hinzustoßen, weil ihre Freundinnen und auch Elif nach Hause gefahren sind. Hoffentlich sind sie nicht selbst gefahren.

Alkohol und THC ringen in meinem Gehirn um die Wette, sodass mein Mund sagt: «Wie heißt du eigentlich, Chantal?»

Das stark geschminkte Mädchen sitzt neben mir und die Musik ist inzwischen leise genug, sodass ich sie nicht so laut nach ihrem Namen hätte fragen müssen. Anstatt mir ihren Namen zu nennen, werde ich angemotzt: «Warum fragst du nach meinem Namen, wenn du den schon weißt? Biste behindert oder was?»

Was für ein Zufall! Trotzdem ist meine Entscheidung gefallen: Chantal ist eine Bitch. Als zöge eine magnetische Kraft an mir, wird mein Körper vom Rausch nach hinten gedrückt. Ich verharre in der Position und werde mir bewusst, dass ich richtig gut darin bin, Namen an Fremde zu verteilen. Bestimmt heißen Sandy und Penelope wirklich Sandy und Penelope. Oder war es Pamela? Pamela wäre auch ein angemessener Name. Ich grinse breit und lehne mich wieder nach vorne. Sofort reißen THC und Alkohol an meinem Hirn. Mir ist schwindelig.

Meine Zufriedenheit verschwindet, als ich sehe, dass Chantal ihre Hand auf Pauls Oberschenkel hat. Warum auch immer – sie musste sich zwischen uns setzen. Zuerst war mir das ganz Recht, weil ich nicht wusste, was mit Paul und mir jetzt ist, aber seit ich gemeinsam mit dem Rauch des Cannabis über der Welt schwebe, würde ich gerne mit Paul kuscheln. Oder besser noch, ich würde liebend gerne da weitermachen, wo wir aufgehört haben.

John und Marius machen miteinander rum und einer von ihnen hält mir den Joint hin, während er sein Gesicht in dem des anderen vergräbt.

Ich nehme das Ding, ziehe daran und inhaliere tief. Dabei werde ich von Paul und Chantal angestarrt.

Ich atme geräuschvoll aus und Paul bedeutet mir, dass er nun an der Reihe ist. Ich inhaliere erneut tief und noch einmal, gebe die Tüte weiter und betrachte das schwankende Feuer.

Alles kribbelt in mir, die neue wie auch die alte Fiona freuen sich unheimlich über alles und jeden, und meine Hand fliegt zu der von Paul.

Die neue Fiona gibt den Joint an ihn weiter und streicht bei der Gelegenheit über die seine.

«Ey, gib ma Shootie», bellt Chantal Paul an. Ich beginne, dieses Weib zu hassen. Ich wünschte mir, sie würde nicht existieren. Sie stört mich mit ihrer verkorksten Sprache und es würde mich nicht wundern, wenn alle Anwesenden keine Lust auf diese Person hätten. Außerdem kann ich ihr überschminktes Gesicht nicht mehr sehen. Mir wird schlecht. Mein Magen droht an, seinen Inhalt die Speiseröhre hochzuschieben. Ich hasse Übelkeit. Und Übelkeit verursachende Menschen verabscheue ich noch mehr. Doch bevor ich mich angemessen über die Existenz dieses Störfaktors aufregen kann, driftet mein Gehirn in eine von Drogen weichgezeichnete Welt ab.

Ich sehe, wie Paul Rauch einatmet und ihn in Chantals Mund bläst. Marius und John fallen rückwärts von der Holzbank, scheinen sich daran aber nicht zu stören. Chantal klebt weiterhin an Paul.

Der Typ neben mir bekommt die Tüte in die Hand gedrückt. Musik bohrt sich durch das Dröhnen in meinem Kopf. Gemeinsam verwandeln sie sich in einen hohen Piepton. Ich sehe nackte Haut und spüre Erschütterung. Ein Klappstuhl fliegt gefährlich nahe an der Feuertonne vorbei, das stille, blonde Mädchen, mit dem niemand spricht, schürt das Feuer.

Ich möchte mich hinlegen, weil das Drehen und Schwanken unerträglich wird, und finde Platz auf einem weichen Kissen.

Im nächsten Moment stehe ich allein mit Fremden an der Feuertonne und sehe Paul nirgends. Ich will aufwachen, doch bin bereits wach. Mein Mund versucht, zu schreien, doch mein Gehirn ist mit Tanzen beschäftigt. Gemeinsam mit dem Beat der Musik pocht mein Herz in nie da gewesenen Rhythmen, ich spüre Berührungen, bin nicht mehr allein.

Jemand fasst mich an und tanzt mit mir, ich glaube, ich säusele Paul etwas entgegen und bekomme keine Antwort. Vielleicht ist Paul gar nicht der, der mich berührt?

Schließlich liege ich auf der Rückbank eines Autos und versuche, mich zu erinnern, wann ich das letzte Mal auf einer Toilette war.

Eine beruhigende Stimme bringt mich dazu, den Kopf hängen zu lassen. Ich höre Autotüren, bin plötzlich fasziniert von der Idee einer gelben Einkaufstüte. Will sie anfassen. Doch sie existiert nicht. Dann sehe ich große, schaukelnde Segelschiffe. Plötzlich wird eine Tür zugeknallt. Ich lache, weil sich meine Zunge pelzig und die Lippen kribbelig anfühlen, und dann schlafe ich ein.

Der Versuch, aufzustehen, scheitert einige Male, doch mit etwas Geduld gelingt es mir, mich auf beiden Beinen zu halten, ohne dass mir schwindelig oder übel wird. Ich halte mich an einer Fensterbank in Marmoroptik fest und schaue durch das Fenster. Draußen ist alles grau und verregnet. Ich denke darüber nach, ob ich gestern Nacht Regen mitbekommen habe. Mein Nachtlager ist eine nackte Matratze, die auf dem

Boden neben einem weißen Bett liegt. Irgendwer hat meine Tasche neben die Matratze gestellt. Ich war es ganz bestimmt nicht. Das Bett neben der Matratze ist nicht gemacht – mein Gastgeber hat also nicht hier geschlafen.

Mein Kopf dröhnt und Schmerz zieht mir bis in den Hinterkopf, sodass ich mich hinsetzen muss. Ich lande neben der Matratze. Das Blau der Wände erinnert an das Wartezimmer der Praxis Dres. Oslek & Flamm. Ich schaue mich um und probiere, mir ins Gedächtnis zu rufen, ob ich schon jemals hier gewesen war.

Vergebens suche ich nach meinen Socken und taste mich barfuß auf den Flur vor. Vor dem Schlafzimmer wird mir schnell bewusst, dass ich mich im Haus von Pauls Eltern befinde. Hier wohnt er in der vorlesungsfreien Zeit. Jedoch habe ich nicht wie in früher Kindheit in seinem Zimmer, sondern im Zimmer einer seiner Brüder geschlafen.

Die wohlig warme Matratze lacht mich an und lädt mich ein, den Drogenrausch vielleicht doch noch einige Stunden länger auszuschlafen. Der Anblick der Einrichtung verrät mir, dass das Zimmer Wolfgang gehören muss. Eigentlich hätte er längst ausziehen müssen. Die kleineren Geschwister müssten Spielzeug besitzen, oder zumindest Poster an den Wänden haben. Im blauen Zimmer steht ein Cello. Da Wolfgang der einzige Musikalische aus Pauls Familie ist, habe ich das Geheimnis gelüftet und schleiche in die Küche, wo mir Geräusche verraten, dass jemand wach ist.

«Morgen, Fiona», begrüßt mich Wolfgang, dreht sich vom Induktionsherd mit den sechs Platten unter der großzügigen Dunstabzugshaube weg und hält eine Bratpfanne in der Hand.

«Wolfgang, guten Morgen!» Ich möchte mir meine Verwirrung nicht anmerken lassen. «Und frohes neues Jahr!»

«Wo sind denn meine Manieren? Frohes Neues!»

«Ich bediene mich mal am Kaffee. Willst du auch einen?» Ich sehe seine Tasse neben der Herdplatte stehen und wende mich der Kaffeemaschine zu.

«Danke, nein.» Wolfgang prostet mir mit seiner Tasse zu. Ich werde neugierig: Was ist in der Bratpfanne? Gibt es Omelett oder Pfannkuchen?

Ich frage mich, ob Wolfgang auch auf der Silvesterfeier in der WG von Pauls Bekannten gewesen ist und ob er mit mir in der Nacht in seinem Zimmer geschlafen hat.

«Und…?», beginne ich unsicher. «Wie war Silvester bei dir?»

«Ziemlich ähnlich wie bei dir», bemerkt Wolfgang, «ich war doch die ganze Zeit dabei.»

Ich erröte und krame verzweifelt in meinen Erinnerungen, die verblasst und bröckelig sind.

«War doch nur ein Witz», lacht er, «du brauchst nicht rot zu werden, weil du dich an nichts erinnerst.»

«Ich habe wirklich keine Ahnung mehr, was genau gestern Nacht alles los war», gestehe ich erleichtert. «Zumindest nach Mitternacht, da brechen meine Erinnerungen ab.»

«Da kann ich dir nicht helfen», wirft Wolfgang ein und lässt zwei Spiegeleier aus seiner Bratpfanne auf einen Teller gleiten. «Ich habe euch nur vom Taxi abgeholt. Soll ich dir auch Frühstück machen?»

«Nein, danke», sage ich und wünsche mir nichts mehr als ein Spiegelei. Doch die neue Fiona ist selbstredend auf Diät. «Wie meinst du das, vom Taxi abgeholt?»

«Na, du warst ziemlich out of order. Und Paul sah auch nicht aus, als sei er in einem fantastischen Zustand. Im Gegenteil, ihr saht ein bisschen fertig aus», sagt er und seine Miene wird ernster. «Ihr solltet mit Drogen von fremden Leuten etwas besser aufpassen. Ich meine, wenn ihr unbedingt Gras rauchen wollt, könnt ihr das auch bei zuverlässigeren Quellen bestellen, aber eine x-beliebige Tüte von fremden Leuten, die zu viel gekippt haben, anzunehmen, ist nicht die klügste Entscheidung.»

«Du hast Recht», stimme ich Wolfgang in einem schuldbewussten Ton zu. «Und ich denke, dass ich lieber bald nach Hause fahre.» Ich nehme einen großen Schluck von meinem Kaffee. Er wirkt nicht. Irgendetwas dreht sich noch immer um mich herum und mein Bauch verrät mir grummelnd, dass das mit dem Joggen und von Anfang an perfekt vorbildlichen Leben heute schwierig werden könnte.

«Ihr drei wart aber echt lustig drauf, das muss man euch lassen», entgegnet er.

«Warte – wir waren zu dritt?», frage ich verwirrt.

«Ja, da war so ein Mädchen, aber ich weiß nicht mehr, wie sie heißt. Die schläft bei Paul mit im Bett. Deswegen mussten wir dich auch bei mir einquartieren, ich hoffe, dass das okay für dich ist.» Als wäre das eine Randinformation, verschlingt Wolfgang sein zweites Spiegelei in aller Seelenruhe.

«Natürlich ist das okay», lüge ich und leide unter wieder auftauchenden Erinnerungen an Menschen, die über sich herfallen, an nackte Haut und an Paul, wie er mir mit Chantal Hand in Hand den Rücken gekehrt hat. «Danke für die Gastfreundschaft. Ich weiß nicht, wo ich übernachtet hätte, wenn mich niemand mitgenommen hätte.»

«Kein Problem, ich habe ohnehin nur drei Stunden mit dir in einem Raum verbracht. Nach einer durchzechten Nacht gibt es nichts Besseres als ein Proteinfrühstück und frische zehn Kilometer zu Fuß durch das Chaos, das Silvester auf den Straßen hinterlassen hat.»

Ich bin beeindruckt. Wolfgang, der perfekte Musterknabe, kann scheinbar immer Sport machen, hat sich vollkommen im Griff. Seine Disziplin strahlt auf mich wie eine zu helle Sonne im Sommer, bei der man sich eine Sonnenbrille wünscht, sie aber zum falschen Moment vergessen hat. Allmählich wandelt sich das Bild, das ich bisher von Wolfgang hatte, zu einem Vorbild, dem ich nacheifern möchte.

«Okay. Dann mache ich mich mal auf den Weg. Ich habe noch viel zu tun.»

«Alles klar. Dann grüße ich mal Paul von dir, wenn's dir recht ist», erwidert der hungrige Sportler, der sich nun einen halben Liter entrahmte Milch einverleibt.

Ich will so schnell wie möglich flüchten. Der Gedanke, dass Paul nach unserer Begegnung mit einem fremden Mädchen im Bett war, gefällt mir nicht und weil ich noch nicht ganz ausgenüchtert bin, will ich noch dringender weg. Ich verzichte ich sogar auf eine gemütliche Autofahrt, die Wolfgang mir anbietet und nehme gleich besser den Bus, denn so nahe wohne ich doch nicht an der Villa Fiedler.

Es wird Zeit, Wolfgangs Zimmer, wo ich meine Tasche und ausgezogene Kleidungsstücke ausgenommen der Socken finde, zu verlassen. Im Badezimmer bereue ich bereits, dass ich ins Bad gegangen bin, weil ich im Spiegel einem furchtbar zerstörtem Monster begegne. Ich erfrische mich mit kaltem Wasser, aber das hilft nicht, einen Hauch gesunden Lebens in mein Hautbild zu bringen. Meine Haut ist gerötet, die Augen von lila-grauen Tränensäcken untermalt, und mein Hals zeigt mit klar definierten Rillen, wo mein fettes Doppelkinn beginnt. Mit einem Seufzen verlasse ich den Raum und halte inne. Was war das?

Ich frage mich, woher dieses Knarren und der folgende Knall kommen, und ich will das Haus schnell verlassen und mich auf den Heimweg machen. Doch Pauls Zimmertür öffnet sich und eine in ein übergroßes, weiß-braun kariertes Männerhemd eingehüllte Blondine tapst auf Zehenspitzen durch den Flur. Als sie mich bemerkt, grinst sie verlegen und hebt zur Begrüßung die Hand. Ihr Lächeln wirkt sehr verlegen und ich merke, dass ich dieses Gesamtbild sympathisch finde.

Gott sei Dank, es ist nicht Chantal! Ich freue mich ein bisschen, die junge Frau zu sehen. Gleichzeitig hasse ich es, dass sie sein Hemd trägt und aus seinem Zimmer tapst. Ich fühle mich ignoriert und übergangen. Oder übertreibe ich wie so oft maßlos? Mein Schädel brummt zu laut, als dass ich mir selbst eine Antwort über meine kreisenden Gedanken geben könnte.

«Guten Morgen», flüstert das Mädchen. «Ich bin Anja. Hast du deinen Rausch ausgeschlafen?»

Sie sieht so lieb aus. Ich glaube nicht, dass sie keine böse Absicht dabei hat, mich nach meinem Rauschzustand zu fragen.

Ich nicke und teile Anja mit, dass ich nicht mit ihr und Paul frühstücken werde, weil ich jetzt nach Hause gehe. Anja verabschiedet sich freundlich und verschwindet im Badezimmer. Die Tür zu Pauls Zimmer, die Anja angelehnt hinterlassen hat, knarrt leise und schwingt einige Zentimeter auf, sodass ich aus dem richtigen Winkel durch den Spalt einen Teil von Pauls Bett sehen kann.

Er liegt im Bett und hat die Augen geschlossen. Das hätte ich mir auch denken können, denn Anja hat so leise geflüstert, als habe man eine schlafende Person in der Nähe. Das letzte, was ich jetzt will, ist Paul zu wecken oder mit ihm zu sprechen, also begebe mich auf den Weg in das Heim der neuen Fiona.

Es ist bewölkt, grau und matschig. Statt der Rolltreppe erklimme ich hochmotiviert die breite Treppe. Ich stoße die Glastür selbstbewusst auf und stelle mich am Empfang vor, denn ich habe heute meinen ersten Tag. Der Wandel des alten Ichs zur neuen Fiona ist schon zwei Tage her und ich möchte meinen letzten Urlaubstag ausnutzen, um meinen Plan voranzubringen.

Voller Tatendrang lehne ich das Probetraining ab. Eine junge Trainerin bewegt sich auf der Trainingsfläche und räumt Gewichtscheiben auf. An der Theke steht ein Trainer, der mich freundlich begrüßt. Ich weiß genau, was ich will. Nicht umsonst opfere ich mein rares Geld für eine Mitgliedschaft im Fitnessstudio. Allein wegen meiner Finanzen werde gar nicht anders können, als das Abendessen wegzulassen und stattdessen täglich zum Sport zu gehen. Innerhalb meiner ersten zehn Minuten im Studio unterzeichne ich den Zweijahresvertrag und verschwinde im Umkleideraum. Der helle Raum mit den kirschbraunen Schließfächern ist sauber und leer. Keine Menschenseele zieht sich um. Viel wichtiger: Niemand ist da, um mir mit verurteilenden Blicken beim Umziehen zuzusehen. Auf der Trainingsfläche freue ich mich über die gähnende Leere des Fitnessstudios. Zwei muskelbepackte Sportler und eine ältere Dame trainieren vor sich hin und ignorieren mich. Welch eine Erleichterung! Trotz des neuen Selbstbewusstseins fühle ich mich wohl damit, unbeobachtet und weitestgehend allein auf dieser Sportfläche zu sein.

Da mich niemand beachtet, mache ich keine Dehnübungen, die ich damals schon im Sportunterricht der Schule gehasst habe. Ich möchte nicht, dass jemand sieht, wie ich an meinem hochrutschenden T-Shirt herumzuppele. Also begebe ich mich direkt auf den Crosstrainer. Ich stelle mich auf den Crosstrainer, und schon lugt mein Bauch hervor und erinnert mich daran, dass ich seit Monaten, wenn nicht seit Jahren, keinen ernst zu nehmenden Sport gemacht habe.

«Okay, Fiona, du hast jetzt mehr als eine halbe Stunde Ausdauertraining vor dir», sagt meine Motivation.

«Ich kann es kaum erwarten», denke ich und lasse mich auf ein Gespräch zwischen mir und meiner Motivation ein, während die ersten Schritte dem Crosstrainer einen rhythmischen Sound entlocken.

Schaden kann es nicht, in Dialog mit sich selbst zu treten. Das soll zu einem gesunden Selbstbild führen. Achtsamkeit nennt man das, glaube ich. Wenn ich mich mit meinem Innern auseinandersetze, kann ich besser auf mich hören und in mich hineinfühlen kann und sowas. Das steht alles auf den Seiten, die Thilo mir empfohlen hat. Ich habe sie schon hundert Mal gelesen, ohne auch nur einen der Tipps umzusetzen. Wie denn auch, wenn man depressiv und schwerfällig ist? Das offensichtliche Allheilmittel gegen Depressionen ist Bewegung. Wer aber depressiv ist, kann sich oft nicht aufraffen. Das hat mich immer tiefer in meine Depressionsspirale gedrängt. Aber jetzt sind die Depressionen weg, ich bin selbstbewusst und energiegeladen.

Der Begriff Selbstbewusstsein ist eigentlich im allgemeinen Verständnis fehlgeleitet, finde ich. Wenn die Leute jemanden für selbstbewusst befinden, müssten sie die Person eher als selbstsicher beschreiben. Obwohl Sicherheit meiner Meinung nach mit jemandem zu tun hat, der hinter einem steht und dich auffangen kann. Oder mit Vorschriften, die das Handeln des Menschen begrenzen und somit etwas sichern.

Was ist also das richtige, klar verständliche Wort für die herkömmliche Bedeutung von Selbstbewusstsein?

«Noch neunundzwanzig Minuten.» Meine Motivation betont die Zahl mit einem unverschämten Genuss.

«Quatsch, liebe Motivation», denke ich in mich hinein. «Heute mache ich mindestens eine Stunde auf dem Crosstrainer.»

«Setze dir nicht zu große Ziele.» Ich gehe davon aus, dass sie mit dem gewissenhaft Gelernten unter einer Decke steckt. «Wenn du eine halbe Stunde schaffst, reicht das auch aus. Danach kannst du noch an die Geräte und auf dem Heimweg steigen wir eine Station früher aus und laufen einen Teil nach Hause.»

«Sport kann so einfach sein», frohlocke ich. «Warum hat die alte Fiona sich nie dazu durchringen können?»

Ich blicke auf die Datenanzeige des Crosstrainers. Ich habe noch keine Viertelmeile hinter mir gelassen. Das ist die Einheit, in der das amerikanische Gerät die Runden anzeigt. Mein Mund lächelt kurz, ist aber einige Meter später nur noch zum Schnaufen da.

Ich könnte beim Sport so richtig intelligent werden. Wenn man sich ohnehin nicht fortbewegt, kann doch ein Buch, ein Tablet oder ein anderes Medium auf die Ablage hinter den Getränkehalter gelegt werden. Warum bin ich nicht früher darauf gekommen? Nach nur einhundert Metern habe ich einen neuen Fakt gelernt, nämlich, dass eine Viertelmeile eine Runde auf diesem amerikanischen Crosstrainer-Modell ist. Die LED-Lichter imitieren einen Sportplatz und leuchten für jede weiteren 50 Meter auf. Wie ein ovaler, motivierender Fortschrittsbalken. Das motiviert mich trotz der Langeweile.

Ein paar Schritte später fällt mir auf, dass eine Viertelmeile in etwa vierhundert Meter sein muss. Das gibt mir Anlass, die Idee von dem bildenden Sport weiter auszuführen. Würde ich jeden Tag nur eine halbe Stunde trainieren, könnte ich Bücher lesen. Natürlich keine Romane, denn ich möchte mich bilden. Arbeiten. Hart arbeiten, um genau zu sein. Also würde ich mir Fachbücher auf den Crosstrainer legen, möglicherweise sogar Sprachbücher. Würde ich schneller ein stählernes Sixpack bekommen oder fließend Chinesisch sprechen können? Hörbücher sind wohl beim Training die bessere Methode. Oder wie wäre es mit einer Kombination aus beidem? Das würde aus mir früher oder später eine intelligente Sexbombe machen! Voller Elan steigere ich meine durchschnittlichen Schritte auf über Hundert pro Minute. Höher, schneller, weiter. Wer hatte das damals gesagt? Und in welchem Zusammenhang?

Der Minutenzähler sticht meiner Motivation in die Seite und versucht, sie mit stichelnden Kommentaren zu deprimieren: »Du hast erst viereinhalb Minuten geschafft und deine Waden brennen bereits.«

Die Schwierigkeitsstufe reiht sich in die gehäßigen Worte des Minutenzählers ein und kichert vor sich hin. Sie sagt, es gebe zwanzig weitere Stufen auf dem Crosstrainer. Höhere Widerstände, die einem das Training erschweren könnten. Wenn man denn das Training aushalten kann.

Aber die Krone setzt dem Ganzen die Kalorienverbrennungsanzeige auf. All die Schwerstarbeit hat mich noch kein Drittel eines Apfels gekostet!

Meine Gedanken versuchen, abzuschweifen, verfangen sich aber im Display des Crosstrainers. Ich beginne eine Orgie des Kopfrechnens und überlege, wie viele Kalorien pro Stunde ich verbrenne, wie viel das in Äpfeln, Milchschnitten oder Brokkoli ist. Erschrocken stelle ich fest, dass mein Wissen über Ernährung zu begrenzt ist. Ich weiß nur, dass ein Apfel, eine Milchschnitte oder ein Kopf Brokkoli in etwa gleich viel Kalorien haben. Und außerdem weiß ich, dass der Brokkoli ein halbes Kilo wiegt, die Milchschnitte aber nur ein paar Gramm.

Die durchschnittlichen Schritte pro Minute sind inzwischen auf verschiedenartige Trainingseinheiten hochgerechnet und meinem Hirn fällt nichts Neues mehr ein. Nach vierhundert Metern in sage und schreibe sieben Minuten habe ich alles gesehen, alles erlebt und vor allem alles gedacht. Es gibt nichts Neues mehr in meinem Kopf. Und mehr als mein Hirn bleibt mir nicht, um mich zu beschäftigen, während ich stumm im Hamsterrad namens Crosstrainer vor mich hinlaufe.

Der Kampf zwischen mir und der Langeweile dauert eine halbe Stunde. Zwischendurch war ich so verzweifelt, dass ich sogar auf ein bekanntes Gesicht im Studio gehofft habe, doch niemand kam. Kurz bevor ich mein Ziel erreicht habe, wird mir schwindelig.

Nachdem meine Motivation lange geschwiegen hat, schreit sie: «Los, Fiona! Du bist kurz vor dem Ziel! Noch vor zwanzig Minuten dachtest du, das würdest du nie schaffen! Aber jetzt, sieh dich an ... Du siehst scheiße aus.»

Als wäre ich aus einem Traum aufgewacht, schaue ich an mir runter. Ein Schweißrand zieht sich vom Kragen meines T-Shirts zwischen der Brust entlang und formt ein Dreieck auf meinem Oberkörper. Meine fetten Waden quillen aus den Schuhen heraus und durch die knielange Hose erschrecken mich meine geröteten Knie.

Ich will nichts anderes mehr, als durchzuhalten.

Noch dreißig Sekunden.

Mir wird immer übler.

Es kann doch nicht so schwer sein, dieses Ziel zu erreichen. Der Schock über meinen hässlichen Anblick lässt mich zum ersten Mal nicht frustrieren. Ich bin motiviert und gestärkt, stelle ohne nachzudenken die Schwierigkeitsstufe des Crosstrainers auf Stufe fünf und kämpfe mit meinen fetten Waden gegen den Widerstand. Ich kämpfe mit meinem Körper gegen meinen Körper. Und ich erreiche alle Ziele, das ist die neue Grundvoraussetzung, mein Anspruch an mich selbst.

Meine Beine fühlen sich wabblig an, als ich den Boden betrete. Es ist, als könnte ich nicht aufhören, mich zu bewegen, doch gleichzeitig will ich nichts lieber, als mich hinzulegen. Meine Umgebung dreht sich. Ich setze mich mit meiner Trinkflasche auf den Boden vor dem Crosstrainer.

«Das hast du dir verdient», lobt mich die Motivation.

«Ich weiß», keuche ich, «und ich würde es wieder tun. Jeden Tag, wenn es sein muss. Ich werde mir mehr Beschäftigung holen. Weißt du, ich brauche mehr Beschäftigung, damit ich bald das Doppelte schaffe. Oder mindestens das Dreifache dieses Trainings.»

«Tief durchatmen», spricht die Motivation besänftigend. «Jetzt sollten wir uns erstmal auf die Couch begeben.» Sie berührt mich an der Schulter. Die Motivation hat Hände? Was?!

«Seit wann steht die Couch denn da?» Ich schniefe und wische mir Schweiß von der Stirn. Mein Herz pocht bis in den Kopf hinein.

«Wie viel hast du heute getrunken? Diese Wasserflasche ist hoffentlich nicht das Einzige.» Die Motivation stemmt mich hoch, zwingt meinen Arm dazu, sich um ihre Schultern zu legen, und schleppt mich einige Meter. Ich spüre meine Zehen kribbeln. Scheinbar waren sie eingeschlafen.

«Mate-Tee, den trinke ich den ganzen Tag», murmele ich und lasse mich auf die schwarze Ledercouch sinken. «Oder ist das ein Lederimitat?»

Was sage ich da?

Schnell schüttele ich meine Gedanken in meinem Kopf zurecht. Eine schlanke, kleine Trainerin schaut mich fragend an. Sie hat sich zu mir runter gebeugt. Erst kann ich die Frau nicht klar sehen, aber dann erholen sich meine Augen. Zuerst fallen mir die Konturen ihres Make-ups auf. Doch das macht nichts, die Frau ist auch mit Make-up hübsch. «Habe ich das gerade gedacht oder gesagt?», erkundige ich mich.

Denken und Sprechen dürfen sich nicht verschieben. Wen interessieren schon meine einsamen Gedanken?

«Ob du vernünftig isst. Das habe ich dich gerade gefragt», sagt der Mann mit Brille im zu engen Muscle-Shirt, der plötzlich direkt vor mir steht. Schlagartig werde ich müde. Erst weiß ich nicht, ob ich denke oder spreche, dann wird meine Motivation zur Frau, und plötzlich steht ein Mann neben ihr. Es ist der Trainer, bei dem ich den Vertrag unterzeichnet habe. Ich schließe die Augen und ignoriere die Welt.

Kurz darauf reiße ich die Augen auf, richte mich auf und greife nach dem Glas auf dem kleinen Glastisch zwischen den Trainern und mir. Sie haben mir Apfelschorle gebracht. Ich trinke einen verhaltenen Schluck, merke aber sofort, wie gut mir Flüssigkeit tut und wie sehr mein Körper seit Stunden schon nach Zucker und Flüssigkeit geschrien hat, und trinke das Glas fast in einem Zug leer.

«Entschuldigung», sage ich. «Ich habe es wohl etwas übertrieben, aber mir geht es jetzt gut.»

«Das passiert vielen Anfängern.» Die Frau winkt ab und lächelt. Ich sehe tiefe Lachfalten. Von weitem sah sie vorhin aus wie maximal dreißig, aber mich beschleicht das Gefühl, dass sie weitaus älter ist. Sie wirkt jung und fit. So wie die zukünftige Fiona wirken soll. Ich beneide sie.

«Aber nur wenige schaffen gleich zu Anfang eine halbe Stunde Ausdauersport», bemerkt der Mann mit einem mahnenden Unterton, «und das ohne Aufwärmen oder Stretching.»

Okay, schon kapiert. Ich werde also doch beobachtet. Die ganze Welt schaut sich an, wie dicke Menschen Sport machen. Bestimmt wurde ich genauso ausgelacht, wie man mich immer belächelt hat, als ich noch in der Öffentlichkeit gegessen habe. Aber ich weiß inzwischen, dass fette Menschen außerhalb ihrer eigenen vier Wände nicht essen dürfen. Ob es Salat oder ein Schokoriegel ist, man wird belächelt und als disziplinlos und verfressen abgestempelt. Das geht mir sogar bei meinen Kollegen so, die bei der Arbeit sehen, wie ich von morgens bis mittags nichts esse. Trotzdem habe ich es mir abgewöhnt. Die Fressattacken im behüteten Heim wurden dadurch zwar schlimmer, aber ich habe die Ursache abgestellt, durch die ich mich jahrelang so bloßgestellt gefühlt habe.

«Oh», erwidere ich zögerlich, «ich wollte mich gerade bei meinem ersten Training nicht wie ein Anfänger verhalten. Aber ich konnte es kaum erwarten, endlich zu trainieren und abzunehmen. Meine Energie sprudelte nur so auf.»

«Eigentlich hören wir so etwas gerne.» Die Trainerin entblößt ihre professionell gebleachten Zähne. «aber du musst mir versprechen, dass du mit einer Aufwärmphase beginnst und deine Muskeln dehnst. Auch zu wenig Wasser oder zu wenig Essen kann richtig fiese Probleme hervorrufen.»

«Rede doch nicht so sehr auf sie ein», ermahnt der Mann sie. Ihr Umgang miteinander klingt vertraut. Ich frage mich, ob die beiden ein Paar sind. Kurz schweifen meine Gedanken ab. Ich stelle mit eine Hochzeit vor, auf der das Paar keinen Baumstamm zerschneidet, sondern Gewichte stemmt. Der Weg zum Buffet ist ein Hindernisparcours. Dann holt er mich aus meinen Gedanken: «Für heute reicht dein Training. Und morgen um sechs machst du ein ausführliches Probetraining mit uns. Hast du um achtzehn Uhr Zeit? Du kannst dir aussuchen, ob du das lieber mit mir oder mit Irina machen möchtest.»

«Ich bin Irina», stellt sich die Frau vor.

«Gustav, falls du meinen Namen eben nicht verstanden hast.» Gustav steht aus seinem Sessel auf und streckt die Beine. «Du standest so neben dir. Aber darüber rede ich morgen mit dir im Probetraining. Oder Irina. Ich werde jetzt weiter trainieren.»

«Mir ist egal, mit wem dieses Training stattfindet», lüge ich, da ich für beide Optionen viele Gründe dagegen kenne und das gesamte Training am liebsten ablehnen würde. Nur, weil ich zum Training motiviert bin, heißt das noch lange nicht, dass ich mir von einem durchtrainierten Sportler Übungen erklären lassen möchte. Eigentlich will ich nur auf den Crosstrainer und so lange laufen, bis ich schlank bin. Mich so viel bewegen wie möglich. Ich habe Angst, dass Irina oder Gustav oder wer auch immer bemerkt, wie untrainiert ich bin. Was ist, wenn ich in so ein Muskelgerät gespannt werde und nicht mehr herauskomme? Und wenn sie mir Gewichte geben, die jeder außer mir bewegen kann ... unvorstellbar! Lieber würde ich im Boden versinken, als mit einem Menschen in Kontakt zu sein, während mich mein Körper bloßstellt. Doch ich kann es nach dem, was gerade passiert ist, nicht mehr ablehnen. Und peinlicher kann es kaum werden. Also sage ich für achtzehn Uhr zu und betone, wie sehr ich mich auf morgen freue. «Ich will sowieso jeden Tag herkommen», füge ich an, damit sie mich wenigstens nicht für die allerletzte Versagerin halten.

Gustav schmunzelt. «Auch das hören wir eigentlich gern.» Er wirft Irina einen verstohlenen Blick zu. «Wie wäre es damit? Morgen nimmt sich Irina Zeit für dich.

Ihr erstellt einen Trainingsplan, den du drei Mal in der Woche einhältst. Man kann nicht von heute auf Morgen zum Leistungssportler werden. Du hättest dich heute echt verletzen können.»

«Wir fangen ganz bei Null an. Dir muss nichts unangenehm sein und du kannst mir erzählen, was du erreichen möchtest und welche Problemzonen wir angehen sollen. Klingt das gut?» Irina nickt mir zu und erhebt sich aus ihrem Sessel.

«Ja. Danke.» Mehr bringe ich nicht hervor.

Sie schaut kurz zur Empfangstheke, wo zwei Sportler auf sie warten. «Was glaubst du, wofür du dem Fitnessstudio so viel Geld bezahlst? Das ist unser Job als Trainer.» Sie lacht, und ich finde sie gleich sympathischer. «So, und für heute ist dein Training beendet. Wenn du dir zutraust, jetzt wieder mit einem normalen Kreislauf unter den Lebenden zu wandeln, kannst du duschen gehen.»

Duschen. Auch das noch.

Anstatt mich zu duschen und das Risiko einzugehen, dass mich jemand sieht oder dass ich jemanden sehen muss, verbringe ich etwas Zeit auf der Bank vor den Spinden. Ich trinke den Rest aus meiner Wasserflasche und sehe aus dem Fenster. Unten im zweiten Stock beobachte ich, wie im Gebäude gegenüber Menschen an ihren Schreibtischen sitzen. Die meisten Fenster sind bereits dunkel, doch hinter manchen zeigt sich ein beleuchtetes Büro. Ich sehe nicht, was sie machen, wie sie aussehen oder ob sie überhaupt arbeiten. Nur die Köpfe sind sichtbar, da ich aus dem vierten Obergeschoss einen recht steilen Blick nach unten habe. Hinter dem Bürogebäude sehe ich den dreckigen Qualm der Stadt nach der Abenddämmerung. Ich kann nicht erkennen, ob der weißhaarige Mann an seinem Schreibtisch übergewichtig ist, eine krumme Nase hat oder im Rollstuhl sitzt. Von weitem sehen alle Menschen relativ gleich aus. Ich frage mich, warum das nicht immer so sein kann. Warum man nicht immer nur den Menschen sehen könnte, als wäre er weit entfernt. Dann müsste man sich nicht über reine oder unreine Haut Gedanken machen, man hätte keine Probleme mit Äußerlichkeiten wie Mode, Übergewicht oder der Frisur. In mir lehnt sich alles gegen eine oberflächliche Welt auf, doch möchte ich nichts anderes, als die neue Fiona zu sein, die über allem steht und trotzdem in die Masse hineinpasst. Es ist nicht wichtig, mit dem Strom zu schwimmen. Aber ich möchte wie jemand wahrgenommen werden, der es könnte, während ich zeitgleich etwas Besseres bin. Mit einer eigenen Meinung und einer beeindruckenden Geschichte. Wenn ich erst meine Ziele erreicht habe, wird es so sein. All die schlanken Menschen sind langweilig im Vergleich zu einer Frau, die diszipliniert vierzig Kilogramm abnimmt. Welch einen Wert hat gutes Aussehen, wenn man nicht daran arbeitet? Keinen! Ich will niemals gleichgeschaltet sein. Und glaube, dass ich für meinen schlechten Zustand fast schon dankbar sein kann. Nur durch Erfahrungen wie die, die ich mir gerade erschaffe, kann ich die starke, unabhängige und erfolgreiche Fiona werden, die ich so gern wäre.

In meiner Psychotherapie habe ich gelernt, dass viele meiner Ansichten verkorkst sind. Zum Beispiel diese: Wenn man optisch zur Gesellschaft dazugehört, darf man sagen, dass einem Oberflächlichkeiten egal sind. Wenn man als unsportlicher und fauler Fettsack sagt, dass einem alles Äußerliche egal sei, hat man gleich verloren. Ich bin es leid, Stempel aufgedrückt zu bekommen. Stempelfrei sein will ich, sodass ich einfach nur ich sein kann. Selbst jetzt – auf Diät und nach dem ersten Training im Fitnessstudio – wird mich jeder verurteilen. Dass ich heute nur Salat und Wasser zu mir genommen habe und bis zur Ermüdung trainiert habe, sehen die Menschen nicht. Auf der Straße werden sie mich für eine faule Dicke halten, die ihr Leben nicht unter Kontrolle hat. Das habe ich schon bei meinen ersten Diäten gelernt. Kohlsuppendiät! Ich habe sieben Tage lang nur Kohlsuppe gelöffelt. Nach all den Stunden voller Hunger und Leid gönnte ich mir einen Döner. In der Öffentlichkeit. Ich wurde angesehen, als sei ich eine Schwerverbrecherin. «Die frisst jeden Tag Döner!», haben sie gedacht. Dass ich mit sieben Tagen Diät auf diese Belohnung hingearbeitet habe, interessiert sie nicht. Heute ist das anders. Ich werde nach Hause fahren und mir eine Kohlsuppe kochen. Widerliches Zeug.

Mein rotes Gesicht hat sich akklimatisiert, also verlasse ich in der durchgeschwitzten, aber fast trockenen Kleidung das Fitnessstudio.

Der Schwindel ist beim Heruntersteigen der Treppen für kurze Zeit wieder da, aber ich fühle mich beschwingt. Trotz meines kleinen Ausrutschers – oder Anfalls – schäumt erneut Energie in mir auf.

Ich habe etwas geschafft, was ich seit Wochen und Monaten hinter mich bringen wollte. Auch wenn ich nicht wusste, dass ich es will, weiß ich jetzt, dass es gut ist, es zu wollen. Sport kann das Schönste auf der Welt sein und ich werde mir das jetzt nicht versauen, indem ich ein üppiges Abendessen zu mir nehme. Gut, Sport ist eher das Schlimmste auf der Welt. Aber das Gefühl, ihn hinter sich zu haben und volle 23 Stunden ohne schlechtes Gewissen in der häuslichen Komfortzone bleiben zu dürfen, ist unbezahlbar.

«Das wahrhaft Schöne am Sport ist das Gefühl, wenn er vorbei ist», flüstert meine Motivation.

«Ich wusste gar nicht, dass du gleichzeitig der innere Schweinehund bist», reagiere ich kühl. «Also schweig lieber. Fakt ist, dass es gut war und gut sein wird.»

Mein innerer Schweinehund stichelt: «Pass mal lieber auf, dass du dich nicht übernimmst und stärker zurückgeworfen wirst, als du Anlauf genommen hast. Die alte Fiona, wie du sie nennst, ist doch nicht über Nacht komplett verschwunden. Schlechte Angewohnheiten gehen auch nicht von heute auf morgen verloren.» Plötzlich habe ich riesigen Appetit. Appetit wird zu Hunger, Hunger wird zur Qual.

Der Bus bringt mich an all den grauen Gebäuden der Stadt vorbei, bis ich einige Haltestellen zu früh aussteige. Er hält vor dem Dönerladen meines Vertrauens, dessen Licht aus der nachtschwarzen Umgebung heraussticht. Ich zücke kurz mein Portemonnaie in der Hoffnung, endlich einen Vorteil aus dem knappen Azubigehalt zu ziehen. Wenn kein Geld da ist, muss ich wohl dem Hunger erliegen und Gewicht verlieren, statt den Gelüsten nach einer Dönertasche zu erliegen. Die gähnende Leere, mit der mich das Portemonnaie begrüßt, erleichtert mich erstmals seit Jahren. Im Kreditkartenfach reflektiert meine Bonuskarte das Licht der Laterne, unter der ich in der Kälte stehe und mit dem inneren Schweinehund und Portemonnaie diskutiere. Ich habe zehn Stempel, bekäme diesen Snack also umsonst. Ich müsste nur reingehen und die Karte vorlegen und mir als Stammgast würde eine meiner Leibspeisen überreicht. Mein Magen knurrt und fordert mich auf, es zu tun. Meine Psyche schlägt um sich und lässt mich die Treuekarte in den matschigen Schnee schmeißen. Nie wieder. Ich brauche so etwas nicht mehr. Versuchung und Heißhunger sind etwas für schwache Menschen. Ich gehe in strammem Schritt los. Immer weiter entferne ich mich von der einsamen Karte, die auf dem Boden friert und vom Schneematsch durchgeweicht wird.

Eine halbe Haltestelle habe ich bereits hinter mir gelassen, da erblicke ich am Straßenrand einen zitternden Mann. Er hat lumpige Klamotten an, sitzt auf einer Pappe und vor ihm steht auf einem Schild in gebrochenem Deutsch etwas über Hunger und Spende. Der Obdachlose braucht Geld, um sich eine Mahlzeit zu organisieren. Dass er hier noch nicht erfroren ist, lässt mich erschauern. Wie kann man sich nur Übergewicht anfuttern? Es gibt so viel Leid auf der Welt, sogar in Deutschland. Hunger und wahre Geldnot lassen mich als ein Schmarotzer dastehen, der nie genug bekommt. Ich habe alles, was ich brauche, doch bin nie zufrieden.

Mein Kopf pulsiert, der Atem will nicht mehr und ich habe das Gefühl, gleich einem Asthmaanfall zu erleiden. Doch nichts kann mich aufhalten, nicht einmal die Gewissheit, dass so etwas wie ein Schwächeanfall erneut auftreten könnte. In Rekordzeit stehe ich vor dem Dönerladen, befreie meine Bonuskarte von der gröbsten Nässe und trete strahlend in die überwältigende Wärme des kleinen Restaurants.

Mit dem Döner beim Mann angekommen bin ich noch mehr außer Atem als nach dem Sport. Joggen ist so viel anstrengender als das Training auf dem Crosstrainer. Ich erwarte hohes Lob und gigantische Glücksgefühle, weil ich endlich mal etwas Gutes tue. Nicht nur für mich, sondern auch für das Allgemeinwohl.

«Was ist das?», fragt der Obdachlose, ohne das warme Gericht in der Alufolie anzusehen.

Ich gehe in die Hocke, ein Schmerz sticht durch meine rechte Kniescheibe. Anmerken lasse ich mir nichts. «Ein Döner. Ich hoffe, Sie mögen Lammfleisch? Ich kann Ihnen leider kein Geld geben.»

Der Obdachlose sieht mich an. Ich kann nicht erkennen, ob er an einer Augenkrankheit leidet oder ob er Tränen in den Augen hat. Seine dürren, faltigen Finger strecken sich langsam nach dem Döner aus, den ich ihm entgegenstrecke, und zögert. Hoffentlich glaubt er nicht, ich würde ihn vorführen und auslachen wollen. Sicherlich gab es schon böswillige Menschen, die Obdachlose an der Nase herumgeführt haben, nur um ihnen etwas vorzuessen.

«Wirklich für mich?», fragt er mit ungläubigen Augen. Seine Hände umschließen das Essen, doch nehmen es mir noch nicht weg.

Mein Magen knurrt hörbar.

«Mir hat noch niemand etwas zu Essen angeboten», raunt der zottelige Mann. Ich sehe, dass er friert, und frage mich, wie viele Jahre er schon auf der Straße lebt. Ihn frage ich das aber nicht.

«Das ist sehr schade, man sollte heute viel mehr auf sein Gegenüber achten», versuche ich eine edle Erklärung, um bloß nicht genug Lob und Dank abzubekommen. In so einer Situation will man sich nicht als Held aufspielen oder sagen, dass eine solche Tat selbstverständlich sei.

«Aber warum du, Mädchen? Die ganzen reichen Menschen gehen an mir vorbei. Und sie tun immer so beschäftigt, als würden sie dich nicht wahrnehmen. Und dir sieht man an, dass du ein gutes Herz hast, aber du schwimmst wohl auch nicht in Geld. Dein Magen knurrt doch selbst», sagt er wehleidig mit einem Unterton, der verrät, dass er sich schämt, diese Almosen anzunehmen.

«Machen Sie sich darüber bitte keine Sorgen. Sie sehen doch, dass ich genügend zu essen habe. Ich versuche gerade, durch Sport etwas abzuspecken.»

Eigentlich ist mir das gesamte Gespräch unangenehm. Ich bin die wohlgenährte, verwöhnte Reiche und er lebt sein Leben auf der Straße. Ein wirklich hartes Leben. Ich habe nie verstanden, wie es passieren kann, dass Menschen auf der Straße um Geld betteln und der Kälte ausgesetzt sind.

Bin ich überhaupt dazu berechtigt, mir Gedanken darüber zu machen, wie schlecht es mir doch geht? Würde ich mich über die Wartezeiten in der Arztpraxis aufregen, wäre das überheblich. In dieser Situation jedenfalls. Meine Sorgen erscheinen beim Anblick eines Mannes, der vermutlich nicht einmal krankenversichert ist, überflüssiger denn je.

«Und ich versuche, durch Arbeit und die Zivilcourage anderer Gewicht zuzunehmen», sagt der Herr. «Oder sagen wir eher Gutmütigkeit. Zivilcourage ist wohl etwas ganz anderes.»

«Darf ich fragen, warum auf Ihrem Schild so schlecht leserlich eine Botschaft steht? Ich kann darauf nur Hunger und Spender lesen, aber nicht die anderen Worte. Was genau steht da drauf?»

Der Obdachlose nimmt den Döner an sich und ich kann endlich meine eisigen Hände in meinen Hosentaschen vergraben.

«Ach Mädchen, wenn du wüsstest. Das Schild habe ich geklaut», gesteht er mit einem Stück von Stolz in seinem Gesicht, «von einem Kollegen, sagen wir mal. Wenn man dazu überhaupt Kollege sagen darf, wenn man gemeinsam in der Fußgängerzone bettelt und dann gerecht teilt, um sich nicht Konkurrenz zu machen.»

«Sie meinen also einen Leidensgenossen, richtig?»
Meine Vorsicht kippt in Unsicherheit um. Ich fühle
mich unbehaglicher als in jedem anderen Gespräch,
das ich zuvor geführt habe.

«Ja, nur ist der Typ die ganze Zeit betrunken. Er
wollte obdachlos werden und findet es toll, gegen das
System zu kämpfen. In unserer Generation nennt man
das Punk. Kennt man in deinem Alter überhaupt noch
Punks? Er hat die Grundschule abgebrochen und…
Das ist jetzt auch egal.»

Offenbar ist er dankbar, dass jemand mit ihm spricht,
also schweige ich und lasse ihn weiter reden.

«Jedenfalls habe ich keinen Stift und keine eigene
Pappe. Na ja, die Pappe, auf der ich sitze, habe ich.
Aber im Winter kann ich mir daraus kein Schild bas-
teln. Da warte ich lieber auf höhere Temperaturen».
Sein Lachen klingt ehrlich.

Ich seufze. «Das ist so tragisch. Ich weiß nicht, was
ich sagen soll. Aber ich hoffe, dass diese kleine Spende
Ihnen den Tag irgendwie versüßt.» Ich überlege, wie
ich am schnellsten flüchten und nach Hause joggen
kann. Der Mann ist zu sympathisch, ich will wissen,
warum er auf der Straße lebt und was ihm passiert ist,
gleichzeitig habe ich Angst, für eine verzogene Göre
gehalten zu werden. Nur, weil ich ziemlich dicht am
Klischee der normalen jungen Erwachsenen dran bin.

«Natürlich versüßt mir das den Tag!», ruft der
Obdachlose. Er senkt seine Stimme: «Ich freue mich
wirklich, und hoffe, dass Sie – dass du – immer so ein
freundlicher Mensch bleibst. Die Welt braucht mehr
Leute wie dich, die auf ihre Mitmenschen achten, auch
wenn sie ein belastendes Pack sind. Ich weiß doch
selbst, dass ich eine Schande für diese Stadt bin und

dass man mich am besten aus dem Verkehr nehmen sollte. Ich bringe dem Staat kein Geld, ich erwirtschafte nichts, zahle keine Steuern. Aber wenigstens…», ein kurzer Hustenanfall unterbricht ihn, «wenigstens liege ich dem Staat auch nicht auf der Tasche.»

Wortlos nicke ich in der Hoffnung, dass er meine Sprachlosigkeit nicht als Desinteresse werten wird. «Entschuldigen Sie mich bitte, ich muss langsam nach Hause. Ich muss morgen früh arbeiten und bin sehr müde.» Bitte, lieber Obdachloser, nimm mir ab, dass ich am liebsten stundenlang mit dir sprechen möchte. Diesen Glauben hast du dir verdient.

«Genauso geht's mir auch. Aber ich werde jetzt erst einmal schön mein Abendessen genießen, bevor ich nach Hause gehe.»

Ich erhebe mich und versuche, meine Knie durchzustrecken. Sie sind wie vereist und geben mir das Gefühl, als würden sie gegen die Knochen reiben. «War nett, Sie kennenzulernen.»

«Mein Name ist übrigens Thilo!» Er hebt seine Hand.

«Ich bin Fiona. Vielleicht sehen wir uns öfter», antworte ich und bereue es sofort. Klar gehe ich häufiger hier vorbei, aber ich kann ihm doch nicht jedes Mal eine Mahlzeit vorbeibringen. Oder mich auf ein Gespräch einlassen. Mir wird mulmig bei dem Gefühl, an dieser Stelle immer zu einem Gespräch gezwungen zu sein.

«Du weißt jetzt, wo ich wohne», scherzt Thilo und befreit einen Teil seines Abendessens von der Alufolie. «Und nochmal vielen, vielen Dank.»

Ich stehe auf und entferne mich ein paar Schritte von meiner neuen Bekanntschaft. Als ich mich umdrehe, sehe ich, dass er sich voll und ganz seinem Essen widmet und den Döner dabei regelrecht verschlingt.

Mein Körper läuft. Freiwillig. Beschwingt renne ich durch die Nacht und spüre diesmal keine zugeschnürte Lunge. Im Gegenteil, ich spüre Erfüllung.

Ich will nur noch nach Hause, hungrig ins Bett fallen und am nächsten Tag auf die Waage springen. Beflügelt werde ich zur Arbeit fahren und alles Negative an mir abprallen lassen, weil ich jetzt weiß, dass ich alles schaffen kann. Und obendrein bin ich auch noch ein guter Mensch. Morgen wartet ein toller Tag auf mich.

Es reicht dem Schicksal wohl nicht, dass ich morgens zu spät aufstehen musste, keine wirkliche Energie zu irgendetwas hatte, sondern ich habe auch noch auf diesem blöden Ding von Waage keinen Erfolg gesehen. Wie sehr muss man sich abmühen, um einen Erfolg zu erzielen? Mehr als fasten, ein paar extra Medikamente einwerfen und Sport bis an meine Grenzen treiben kann ich nicht. Das Leben ist unverschämt bescheuert. Die ganze Nacht über habe ich überlegt, wie ich mehr für mein Projekt machen könnte, damit auch ich endlich etwas erreiche. Schlafen wäre eine bessere Option gewesen. Aber ich empfand pure Wut. Auf mich selbst, auf das Universum und vor allem auf meinen Körper.

Zornig über die schlaflose Nacht und meine Gedanken stieg ich in den verspäteten Bus, verpasste meinen Anschluss und kam zu spät zur Arbeit. Es hat zwar niemand gemerkt, obwohl ich in einer kleinen Werbeagentur arbeite. Gestresst war ich trotzdem.

Die Fotos für die Kampagne, deren Frist zum Ende der Woche ausläuft, habe ich bis zum frühen Nachmittag fertiggestellt. Ich habe die Rechnungsvorlage erstellt und meine Ausbilderin hat mir zufrieden zugenickt. Das ist das Höchste ihrer Anerkennung, die sie mir in den letzten zweieinhalb Jahren je gegeben hat. Es ist immer wieder eine Freude, eine Rechnung zu schreiben, die mein eigenes monatliches Gehalt übersteigt. Nur ist die Freude nicht meinerseits. Nach nur zweieinhalb Tagen in der Agentur habe ich meinen Chef finanziell von mir als Arbeitskraft entlastet: Ich bringe mehr Profit als ich koste.

Ich könnte mich wirklich glücklich schätzen. Mal auf die kleinen Dinge des Lebens achten und mich freuen, auch wenn es nur kleine Erfolge sind, die mir eigentlich kaum etwas bedeuten. Aber lieber jammere ich in einer Dauerschleife, sodass ich mir selbst auf die Nerven gehe. Ich glaube, deshalb habe ich meine Ausbildung noch nicht längst geschmissen: Weil mir dort andere Dinge auf die Nerven gehen und ich ein bisschen von mir selbst abgelenkt werde. Obwohl – das mit der Ablenkung stimmt nicht.

Statt an interessanten Aufträgen, bei denen ich wenigstens so tun kann, als arbeite man kreativ im Beruf der Mediengestalterin, verschönere ich seit etwa zehn Monaten ausschließlich halbnackte und sehr leicht bekleidete Frauen.

Will man eine Gitarre verkaufen, braucht man dazu eine nackte Frau, die ihre Beine spreizt und den Gitarrenkorpus zwischen ihre Beine klemmt. Hat der Bauer vom nächstbesten Vorort einen Hofverkauf gestartet und will uns Stadtmenschen wie Touristen auf seinen Hof ziehen, benötigt man eine Auswahl an Gemüse und Milchprodukten. Dazu noch Sonnenschein und eine schlanke Frau in Hotpants, die sich verführerisch zu den Maiskolben bückt und mit Schlafzimmerblick in die Kamera schaut. Dabei haben die Damen ihre Münder immer halb offen. Ich darf die Zähne aufhellen, ihre Fettpolster verkleinern... Fettpolster! Wenn ich das höre. Keine Frau, die 1,75 Meter groß ist und fünfzig Kilogramm wiegt, hat Fettpolster! Manchmal würde ich unseren Kunden und dem Art Director gerne etwas um die Ohren hauen. Ein Schulbuch oder so.

Aber in der Schule habe ich nichts über Body Mass Index, gesunde Ernährung oder Body Positivity gelernt. Im Gegenteil. Der Alltag war für alle Mädchen das Gleiche: Bodyshaming. Entweder hatte man Pickel, widerspenstige Haare oder war in der fünften Klasse schon größer als die Jungs. »Giraffe« nannten sie Sandra, die der Lehrerin bis zur Schulter reichte, als sich die Köpfe der anderen eher auf Bauchniveau befanden. Für mich zählen die Regeln der kollektiven Selbstbemitleidung nicht. Statt Body Shaming ging es für mich um Fat Shaming, und somit hatte ich schon immer die Extra-Wurst. Sobald die Mädchen zu Frauen wurden, hatten sie diese Probleme nicht mehr. Es ging plötzlich um einen zu kleinen Busen, Cellulitis, zu dicke Hintern oder die ersten Fältchen auf der Stirn. Fältchen auf der Stirn! Als Teenager! Jedenfalls hat Sandra inzwischen einen Vertrag bei einer Modelagentur und ich frage mich, wann sie auf meinem Desktop landet.

Das Projekt, das ich heute fertiggestellt habe, ist glücklicherweise intellektuell ansprechender als die Bäuerin im Maisfeld: IT-Studenten geben Senioren Nachhilfe am Computer. In der aktuellen Kampagne geht es um »Smartphone verstehen für Senioren«. Der Texter unserer Agentur gehört auch mit einem Schulbuch verprügelt. Was denken die nur über ihre Zielgruppe? Dass Senioren verstaubte Knacker sind, die keinen Schwung in den Headlines ihrer Werbung vertragen, offenbar. Beim Anblick einer flippigen Alliteration bleibt der Herzschrittmacher nicht stehen, und mein Lachen kollabieren Lungen nur in den seltensten Fällen. Wie wäre es mit »Super smarte Senioren – werden Sie Teil der Junggebliebenen«? Grafisch dargestellt sähe es bestimmt witzig aus. Ich stelle mir da einen faltigen Greiskopf auf einem gestählten Superheldenkörper vor, der ein Smartphone in die Höhe reckt. Aber das wäre natürlich an der Zielgruppe vorbei und lediglich ein bisschen mehr Spaß bei der Arbeit für mich. In der Realität benötigt die grafische Werbeanzeige einen Opi mit Laptop, ein Fragezeichen über seinem Kopf und – wer hätte es anders gedacht – eine superschlanke IT-Studentin mit Doktorandenhut. Nicht bauchfrei, kein Lippenstift, keine aufzuhellenden Zähne. Ein willkommenes Stück Ablenkung, aber kein Grund zur Freude, habe ich doch die Studentin von viel zu fetten 55 Kilogramm auf total schlanke 50 Kilogramm geshoppt.

Zu allem Überfluss gefielen mir heute weder meine Kolleginnen, noch hat der Kaffee geschmeckt. Die blöde Schnepfe vom Empfang hatte wieder viel zu viele Stücke Sahnetorte dabeigehabt. Sie verteilt sie jedes Mal an alle Mitmenschen und tut so, als wäre sie freundlich. Sie manipuliert uns, sodass wir aufgehen wie Hefeklöße und früher oder später unter unseren Körpern leiden. Die Empfangs-Tippse hingegen ist rank und schlank, ihr macht die blöde Sahnetorte nichts aus.

Ich habe natürlich abgelehnt, wurde dann auch sofort darauf angesprochen, ob ich denn eine Diät machen würde. Und ob das schon etwas brächte. Die

Empfangstussi hat natürlich wieder den Vogel abge-schossen: Sie hat mich gelobt, dass ich endlich auf die Idee gekommen bin, abzunehmen. Es sei nun wirklich »dringend mal nötig, Liebelein.«. Natürlich, bringt die unsichere Azubine in Verlegenheit! Klasse Idee, Leute.

Zum Schluss meines glorreichen Arbeitstages wurde ich gebrieft und konnte schon mit dem nächsten Pro-jekt beginnen. Tattoostudio, muskelbepackter Mann, Feuer im Hintergrund. Ich fing an, mich durch die Stockfotos zu graben und überlegte, ob Männer auch so sehr unter Druck stehen wie Frauen, was ihre Körper angeht. Sie dürfen zwar fett sein und ihren Bierbauch im Hemd über die Hose hängen lassen, aber viele Männer in meinem Alter gehen vor der Arbeit joggen, essen nur Superfoods und pumpen ihre Arme auf. Nicht, ohne das der Welt bei Instagram mitzutei-len, natürlich. Bei meinen Gedankenausflügen bin ich zu dem Schluss gekommen, dass Männer sogar mehr Druck erleiden als Frauen, weil sie weniger offen darü-ber sprechen. Eine Stunde vor Feierabend war ich allein im Büro und litt unter meiner Arbeit. Ich hinterfragte das ganze Prinzip: Arbeiten, um Geld zu verdienen. Was ist, wenn man nicht arbeiten will? Landet man dann so wie Thilo auf der Straße? Ich kann mir vor-stellen, ab einem Punkt in meinem Leben nicht mehr für jemanden zu arbeiten. Viel lieber als in der Werbe-agentur wäre ich frei und kreativ in dem, was ich mit Photoshop, Lightroom und co erschaffe. Sollte ich ein Büro aufmachen? Mein eigener Chef sein, sozusagen. Das wäre doch eine geniale Idee. Wenn es dann noch Kunden gäbe, die für Kunst bezahlen wollen. Meine Wut brodelte wieder auf und ich beendete den Tag so, wie ich ihn begonnen hatte.

Ich pfeffere meine Tasche in eine Ecke meiner Wohnung, lasse mich auf den Stuhl in der Küchenecke fallen und versuche, die Tasse vor mir zu hypnotisieren. In ihr hängt noch der angetrocknete Mateteebeutel, aber Flüssigkeit ist nicht zu finden. Auch konnten keine telekinetischen Kräfte der Welt einen neuen Tee zaubern. So muss ich meine müden Knochen dazu bewegen, aufzustehen, um heißes Wasser aufzusetzen. Statt mich um den gebrauchten Teebeutel zu kümmern, lasse ich die Tasse stehen und setze mich an den Computer.

Von dort aus lächelt mich das Muskelrelaxans bösartig an. Mein Orthoton will eingenommen werden, in meinem Magen herumtollen und ein bisschen rumoren, sodass ich wieder Magenschmerzen habe. Warum sind die Tabletten eigentlich in der Mitte teilbar? Meine Tagesdosis besteht aus sechs Tabletten. Ich lege den Kopf in den Nacken, um die Tabletten besser runterzukriegen. Mit einem Mal wird mir übel. Mit meinem Magen stimmt doch etwas nicht! Wenigstens trainiere ich meine Halswirbelsäule, wenn ich die Medis nehme. Eigentlich ein Widerspruch, denn die Muskelentspanner sind als Hilfe gegen mein Halswirbelsäulen-Syndrom gedacht. Man nennt diese Krankheit auch Zervikozephalgie – häufig bei Leuten, die im Büro arbeiten. Lustig wird es, wenn man es Zervi-Kotze-Phalgie ausspricht. Ist aber nicht richtig, nicht wichtig und eigentlich auch nicht lustig. Was ist schon erheiternd? Ich brauche Antidepressiva.

Was würde Thilo wohl zur Geschichte seines obdachlosen Namensvetters sagen? Mein Blick wandert auf die Uhr – zu dieser Zeit müsste er verfügbar sein. Die Erinnerungen an das letzte Gespräch mit ihm kommen hoch: Mir ging es furchtbar, ich wurde von meiner Mutter unterbrochen und habe Thilo seither nicht mehr geschrieben. Hoffentlich weiß er, dass wie immer nichts Schlimmes passiert ist.

Ladebalken.

Das Chatfenster öffnet sich. Der Tee dampft vor mir und befeuchtet meine Nasenspitze. Ach, wie ich das liebe. Die Welt ist gar nicht so schlecht, wenn man einen guten Tee trinken kann. Während ich darauf warte, dass Thilo auf meine Anfrage antwortet und ein Lebenszeichen von sich gibt, spiele ich gedankenverloren mit dem Teebeutel. Nach einer gefühlten Ewigkeit reagiert er. Endlich. Endlich jemand, mit dem ich reden kann, endlich jemand, der mir zuhört und sich für mehr interessiert als für nackte Frauen, Sahnetorten und Geld.

«Wow, du lebst ja noch», begrüßt mich Thilo.

Ich antworte ihm sofort. «Es tut mir leid, dass ich mich so lange nicht gemeldet habe. Aber du weißt ja, dass bei mir nie etwas Spannendes passiert. Na ja, im Vergleich zu deinem aufregenden Leben. Wie ist es dir ergangen?»

«Das Übliche. Ich überlebe alles. Ist doch eh alles egal.»

Ich hebe eine Augenbraue. »Ist doch eh alles egal.« Das ist ein widerlicher Satz der elektronischen Kommunikation. Während der eine damit meint, dass er sich um eine Angelegenheit nicht kümmern muss, weil sie redundant ist, versucht der andere dadurch, seine bodenlose depressive Stimmung zum Ausdruck zu bringen und einen kleinen Hilfeschrei in der Aussage zu verstecken. In meinem Hirn und Herzen kommt nur die Gleichgültigkeit mir gegenüber an.

Wie immer ist da jemand, der mir etwas nicht erzählen möchte, weil ich es nicht wert bin, Erfahrungen und Erlebnisse mit ihm zu teilen.

Wie immer bin ich jemandem nicht wichtig.

Wie immer sorgt eine Handvoll Wörter dafür, dass ich mich selbst hasse.

»Ist doch eh alles egal« wirkt bei mir wie »Fiona, das schaffst du niemals« oder »du siehst echt scheiße aus«. Wenn ich an die letzten Geschehnisse denke, wirkt es auf mein Selbstwertgefühl außerdem wie »Guten Morgen, ich bin Anja« am Neujahrsmorgen. Fünf Worte reichen aus, damit ich mich minderwertig fühle.

«Wieder depri?», frage ich ihn, ohne mich wirklich für die Antwort zu interessieren.

Sein knappes »ja« bleibt in diesem Moment das Einzige, was er von sich und seiner Stimmung preisgibt. Thilo kommt mir kalt vor, obwohl er noch kaum ein Wort geschrieben hat. Bei ihm habe ich das Gefühl, zwischen den Zeilen lesen zu können. Als stünde er mir gegenüber. Das ist wohl eine meiner stillen Begabungen, die mich zu etwas Besonderem machen, aber nicht von Nutzen für irgendwen sind. Ich kann damit weder Geld verdienen, noch irgendwo auftreten. Dabei wäre das ohnehin nicht wichtig, weil im Moment nur Thilo und ich zählen.

Ich fordere ihm mit einem simplen »ok« auf, das Gespräch in die Gänge zu bringen. Das ist eine unserer Regeln: Wer in einer depressiven Episode steckt, erzählt von sich aus. Keine Nachfragen.

«Erzähl mir doch mal, was bei dir so war. Mein Leben war in der Zwischenzeit wirklich nicht spannend», schreibt Thilo – meiner Meinung nach patzig und lustlos. Ist doch eh alles egal. Ich bin egal.

«Na ja, ich lebe jetzt ein neues, spannendes Leben und ich habe jemanden kennengelernt. Er heißt Thilo.» Ich füge absichtlich drei überflüssige Smileys hinzu, um Thilo weichzuklopfen, damit er sich auflockert und wieder wie gewohnt mit seiner besten Freundin schreibt.

«Was? Dein Ernst? Klingt ziemlich merkwürdig. Ist er denn auch so brillant und charmant wie ich?» Endlich schiebt Thilo ein grinsendes Emoticon hinterher.

«Nein, aber er hat vermutlich genauso viel durchgemacht wie du. Er wohnt auf einem zweitklassigen Pappkarton in der Nähe meiner Wohnung. Ich muss nur zwei Haltestellen laufen und dann bin ich gleich bei ihm zu Hause», schreibe ich und hoffe, dass Thilo auf das Wort zweitklassig eingehen wird, sodass wir über das Thema augenzwinkernd und entspannt sprechen können. Manchmal brauche ich Humor, um so zu tun, als würde ich mich gerade nicht selbst hassen. Ein Witz könnte das Eis brechen, wir würden uns wieder gut verstehen und es wäre leichter, mit ihm zu sprechen. Dann würden wir uns wieder so gut verstehen wie vor dem katastrophalen Besuch meiner Mutter. Ich wünsche mir, dass Thilo und ich über Paul sprechen. Darüber, wie wir uns geküsst haben und wie er dann eine andere mit ins Bett genommen hat. Gleichzeitig möchte ich von Thilos Namensvettern und meine guten Taten berichten. Aber auch das Thema mit der Schilddrüse brennt mir auf der Seele. Keines der Themen ist vollständig, wenn ich mein Gewicht aus dem Spiel lasse. Dem Obdachlosen habe ich den Döner geschenkt, weil ich ihn selbst nicht essen wollte, um Kalorien einzusparen. Paul hat sich für die schönere, nicht dicke Frau entschieden. Und die Schilddrüse wäre kein Thema, hätte ich nicht das Übergewicht. Ich entscheide mich, vom Obdachlosen zu erzählen. Die Geschichte erscheint mir am schlüssigsten, wenn ich ein paar Details weglasse.

«Also hast du mit einem Obdachlosen angebändelt?», schreibt Thilo, jetzt wieder ohne Smilies.

«Übertreib doch nicht. So meine ich das nicht. Freu dich lieber darüber, dass ich ein Auge für den Rand unserer Gesellschaft habe. Gut für die Psyche ist es auch. Jeder sollte etwas Gutes tun und einen Stellenwert in der Gesellschaft einnehmen, der nicht unerheblich ist. Dazu ist die frische Luft auf dem Weg zu ihm gesund. Und soziale Kontakte tun den Menschen prinzipiell gut. Und ich habe ihm einen Döner geschenkt.» Stolz überprüfe ich, was ich geschrieben habe und tippe mit einem Nicken auf Enter, denn ich bin zufrieden und überzeugt von mir selbst.

Beim Schreiben geht mir ein Licht auf. Nun wird mir klar, dass das Gefühl, das sich in mir ausgebreitet hat, eine geladene Spannung ist. Ich fühle mich zwar stellenweise noch schlecht, viel läuft mies, aber ich lebe in einer Berg-und-Tal-Fahrt, spreche mit Menschen, erlebe etwas und habe dadurch endlich etwas zu erzählen. Das, was in meiner Magengrube mit dem Gefühl in meiner Brust um die Wette brennt, ist der Anflug von Erfolg, der Beginn einer Heilung. Ich muss lernen, meinen Selbsthass zu katalysieren. Ich muss die reichen Leute hassen. Die Politiker, die Obdachlose vernachlässigen, zum Beispiel. Oder das Gesundheitssystem, denn ich denke nicht, dass Obdachlose eine Krankenversicherung haben. Plötzlich ist mein Innenleben ruhig. Der Hass ist weit weg. Meine Psyche atmet auf und bedankt sich.

«Du meinst es ziemlich ernst mit deinem Plan, ne?» Thilos Antwort erscheint mir ironisch. Ich wünsche mir mehr Smilies, mehr neugierige Nachfragen.

«Ja, natürlich meine ich das ernst. Ist doch eine unheimlich spannende Zeit, die da auf mich zukommt», schreibe ich.

«Ja, gut, dann erzähl mir doch mal, wie es bisher gelaufen ist. Wie du genau deinen komischen Plan durchziehst oder so», maulen Thilos Buchstaben. «Oder willst mehr über diesen komischen Penner erzählen?»

«Penner, wie du sie nennst, sind genauso wertvolle Menschen wie du und ich. Und ja, ich will dir eigentlich eine Menge erzählen, aber ich weiß gar nicht, wo ich anfangen soll. Du kommst mir so unbegeistert vor. Was ist denn los mit dir? Und sag nicht Penner zu Obdachlosen.» Der Selbsthass ist kurz wieder da. Kann es denn so schwer sein, ein bisschen Anerkennung zu bekommen?

Thilo scheint verdutzt zu sein und mich nicht zu verstehen: «Nach so kurzer Zeit willst du jetzt schon alle Obdachlosen der Welt verteidigen? Und diese Sozialschmarotzer in die richtigen Wege leiten? Verstehe ich das richtig? Ich weiß nicht, ob das alles überhaupt zu deinem Silvester-Plan gehört hatte… Von diesem Plan wolltest du mir eh noch mal mehr erzählen. Warst so durcheinander, weißte noch?»

«Die einzige Methode, Obdachlosen zu helfen, ist es, ihnen Geld oder Essbares zu geben. Und Sozialschmarotzer sind sie nicht. Nicht alle. Die meisten haben nicht einmal eine Krankenversicherung, haben ihre Papiere verloren oder Ähnliches. Wenn man keine andere Wahl hat, muss man einfach auf der Straße leben. Ich finde es traurig, wenn man so über die Ärmsten unter uns schreibt.» Ich fühle mich wie ein Held, da ich Obdachlose verteidige und sie zu unserer Gesellschaft zähle. Gleichzeitig fliegt mein Ärger unbekannt viele Kilometer weit durch das Netz und trifft meinen Gesprächspartner. Ich hasse Thilo für seine arrogante Art. Für seine Meinung. Das Thema war mir bisher egal gewesen, weil es mich nicht betraf. Aber es sollte jeden interessieren, und das möchte ich mindestens einer Person in den Schädel brennen.

«Da hat dich der Typ ja gut informiert. Sei vorsichtig und sag ihm nicht, wo du wohnst. Das kann ziemlich böse enden.« Klingt ziemlich emotionslos.

Von Paul hätte ich so etwas erwartet, ja, aber doch nicht von Thilo! Er hat genug in seinem Leben erlebt, dass ich nicht glauben kann, dass er sich so arrogant über Obdachlose äußert. Allgemein scheint er mir gerade unnormal abgehoben, fast schon fremd.

Paul, der reiche, verwöhnte Snob, der dürfte sich Worte wie diese erlauben, weil er damit in sein Klischee der reichen Leute passt. Thilo aber hat selbst große Probleme in seiner Vergangenheit gehabt und könnte es sich durchaus leisten, Obdachlose zu verteidigen. Was auch immer Verteidigen eigentlich heißt. Es geht doch nur darum, sie wie normale Menschen zu behandeln und nicht vor ihnen und dem gesamten Problemthema wegzulaufen.

Die Entspannungspillen in meinem Magen haben inzwischen eine Eisentablette zum Duell herausgefordert. Die Magengrube brennt und ich würde vor Schmerzen am liebsten am Boden liegen, mich krümmen und schreien. Kann ich jetzt noch eine Schmerztablette obendrauf nehmen?

Ich befürchte, dass ich alles ein wenig übertreibe: Muss mich das alles so sehr interessieren? Hat der Internet-Thilo vielleicht recht und ist nur bestürzt, dass ich den Hang zur Realität verloren habe? Der Obdachlose ist nur ein Fremder. Und ich kann nichts an seiner Situation ändern. Zumindest nicht nachhaltig.

Jetzt fühle mich leer. Vielleicht finde ich jetzt nie wieder Erfüllung in Chat-Gesprächen, sondern muss immer Menschen auf der Straße helfen, um mich wertvoll zu fühlen. Geben mir meine Freunde jemals wieder genug Anerkennung und Erfüllung?

Sodbrennen mischt sich als Streitschlichter unter die Medikamente in meinem Bauch.

Wenn jeder Mensch seinen eigenen Wert erst dann erkennen könnte, wenn er anderen Menschen helfen würde, dann… Was wäre dann? Das würde die Gesellschaft aufwerten. Auch durch den folgenden Chatverlauf macht sich mehr Enttäuschung in mir breit. Kurzerhand werfe ich mir das Hormon für die Schilddrüse ein und tippe eifrig weiter.

»Kümmere dich um dich selbst, das ist viel wichtiger.« Thilo würgt alles ab, was ich zu sagen habe. »In Deutschland kann niemand ohne Krankenversicherung dastehen. Es gibt eine Versicherungspflicht. Der Obdachlose wird dich wohl verarschen. Und bettelt für die Mafia oder so.«

Ich kontere mit Meldepflicht und das Recht auf einen Wohnsitz und damit, dass das System an mehreren Stellen versagt. Obwohl ich nicht weiß, wie man obdachlos werden kann, erkläre ich ihm, dass es fast unmöglich ist, wieder da heraus zu kommen. Ich weiß nicht, ob ich meine Weltretter-Bedürfnisse über den Haufen schmeißen sollte, doch jetzt bin ich erst recht Feuer und Flamme für das Thema. »Das, was du meinst, ist etwas ganz anderes. Wenn jemand seine Papiere verliert, kann er nicht nachweisen, dass er der ist, der er vorgibt zu sein, und auch ohne Wohnort kann man nichts machen. Beispielsweise kein Bankkonto eröffnen«, fahre ich fort. Thilo stellt sich absichtlich dumm und fragt, wozu Obdachlose ein Bankkonto benötigen und warum sie nicht einfach arbeiten gehen und sich von dem Geld alles zurückbeschaffen, was man benötigt, um nicht ohne Dach über dem Kopf zu sein. Eigentlich war ich nicht daran interessiert, eine Grundsatzdiskussion zu führen. Unser Schlagabtausch geht eine Weile weiter und wir beide bemühen uns immer wieder, nicht zu unfreundlich zu werden. Wir hatten wohl beide keinen allzu guten Tag.

Ohne böse Absicht teile ich ihm schließlich mit, dass ich mich jetzt besser fühle, weil ich mein Leben endlich im Griff zu haben scheine. Jedenfalls ist der Anfang gemacht, und man sagt immer, der erste Schritt sei der schwerste. Vom Projekt »Abnehmen« verliere ich kein Wort. Im Gespräch mit Thilo zeige ich mich immer nur von meiner depressiven Seite. Depression ist eine Krankheit, mit der man sich zeigen kann. Nicht umsonst hat man Burn-Out damals Modekrankheit geschimpft, obwohl das nur ein neues Wort für eine stinknormale Erschöpfungsdepression ist. Mit Übergewicht, Sucht oder meinetwegen Kleptomanie geht man nicht in die Öffentlichkeit. Das sind Erkrankungen, die still und heimlich erlitten werden.

Die Gesellschaft will Menschen wie mich nicht sehen. Was sich gut trifft, da ich die Gesellschaft oft auch nicht sehen möchte. Was war zuerst da? Die Henne oder das Ei?

Ohne darüber nachgedacht zu haben, schreibe ich Thilo, ich würde bald weniger Zeit am Computer zu verbringen. Das passte ganz gut in meinen Monolog darüber, dass ich mich mehr um mich selbst kümmern möchte.

So sehr mich das Gespräch mit Thilo enttäuscht, so sehr sprudelt neue Energie in mir auf. Ein paar Wochen ohne den blöden Computer, dafür mit einem guten Buch und viel Sport – klingt nach dem, was die neue Fiona im Hanumdrehen durchziehen würde. Ich verspüre Energie und habe Lust, etwas zu tun. Mich körperlich zu bewegen, etwas zu verändern. Also verabschiede ich mich von meinem verdutzten Chatpartner, ohne dass unser Gespräch abgeschlossen war.

Die energievollste Musik, die das Internet hergibt, strömt aus den Boxen und lässt meinen Schreibtisch vibrieren. Das Chatfenster ist geschlossen, ich tanze vor meinem Schreibtisch. Selbstverständlich habe ich die Vorhänge vor meinen Fenstern geschlossen, damit ich mich in meiner Wohnung ungehindert bewegen kann. Aber ohne Angst, beobachtet zu werden, kann ich sogar Spaß empfinden. Schief singend und hässlich tanzend bewege ich mich durch den Raum. Alle paar Takte erinnere ich mich daran, dass Bewegung Kalorien verbrennt. Es kann so einfach sein: Wieso auf dem Crosstrainer abstrampeln, wenn ich meine überflüssigen Pfunde auch abtanzen kann? Ich reiße meine Schränke auf, verteile den Inhalt auf dem Bett.

Ich wippe zur Musik, sortiere einen Haufen Kleidung und fühle mich leicht.

Die vielen Oberteile, die mir zu eng sind, stammen noch von vor der Ausbildung. Zu enge Hosen finde ich zuhauf im Schrank: Allesamt mit Preisschild. Ich habe mir regelmäßig Jeans in einer Nummer kleiner gekauft, als Motivation zum Abnehmen. Sobald eine Diät nicht funktioniert hat, landete die Hose ganz hinten im Schrank. »Ich schaffe das nie!«, habe ich dann gebrüllt und dabei vor Wut geweint, wenn ich wieder einmal versagt habe. Aber die neue Fiona versagt nicht. Sie braucht keine Motivationskleidung. Schon gar keine von vor zwei Jahren. Sobald ich abgenommen habe, nehme ich mir etwas vom Ersparten und gehe richtig groß shoppen. Mit einer Belohnung vor Augen muss es einfach klappen. Also sortiere ich meine Kleidung aus: Alles, was zu klein oder kaputt ist, kommt raus.

Niemand sollte sich zu kleine Klamotten kaufen, um sich zu motivieren. Es funktioniert sowieso nie. Ich schaue an mir herunter und betrachte mein Outfit. Eigentlich ist alles hässlich, was ich besitze, und mein Kleiderschrank müsste nach meiner Aufräumaktion leer sein.

Wenn ich so weiter mache wie bisher, funktioniert das vielleicht aber doch. Ich habe doch auf dem Crosstrainer ausgerechnet, wie viele Kalorien ich verbrennen würde. Irgendwann wird die Waage nach unten gehen, es kann nicht sein, dass ich unter all den Millionen Menschen die einzige bin, deren Stoffwechsel kaputt ist. Auch wenn ich mich durch meine psychischen Probleme oft so fühle, als sei ich der einzige Fehler der Welt. Aber allein durch die Tatsache, dass es Kleidung in meiner Größe gibt, weiß ich jetzt, dass es zumindest körperlich nicht so sein kann.

Ich stopfe die zu engen Sachen zurück in den Schrank. Es sieht genau so aus wie vorher. Nur unordentlicher. Gut gemacht, Fiona.

Die Playlist geändert, viel zu lauter Metal unterhält mich und meine Nachbarn, und ich mache mich an das nächste Projekt. Mein Vorratsschrank! Auch wenn ich Gebrüll und E-Gitarren nicht leiden kann, passt die Musik gerade herrlich zu meiner energischen Art. Im selten gereinigten Buchenholzschränkchen befinden sich Nüsse, Nudeln, Chips und alles, was Fett und Kohlenhydrate auf ungesunde Weise kombiniert. Der Tiefpunkt meiner Beute ist ein Päckchen Waffeln. Eineinhalb Jahre über dem Datum.

Ich knie vor dem Schrank und schmeiße alles, was mir auch nur annähernd ungesund vorkommt, achtlos hinter mich. Als ich fertig bin, habe ich einen Haufen von Fertigprodukten, Süßkram, Snacks und saurem Gummizeug vor mir errichtet.

Befriedigt von diesem Ergebnis schaue ich mich in meiner Wohnung um. Ich will mich frei machen. Noch mehr aussortieren. Mein Blick fällt auf das Bücherregal, welches mein nächstes Opfer wird.

Ich brauche nicht mehr so viele Bücher, sortiere einige davon aus, renne wie von der Tarantel gestochen zum nächsten Schrank, versuche, mich einiger Dinge zu entledigen.

Schrank für Schrank untermauere ich meinen Neuanfang. Je unordentlicher der Fußboden wird, desto zufriedener bin ich mit mir. Dieses neue und junge

Jahr wird meine persönliche Fastenzeit. »Schluss mit Konsum! Platz für Neues!«, singe ich, obwohl es überhaupt nicht zur Musik passt.

Zum Schluss stehe ich verschwitzt in meiner Wohnung und habe drei Haufen vor mir. Jeder besteht aus Nahrungsmitteln, Kleidung und Kram.

Leider passt nicht alles vom Krempelberg Nummer eins in meinen Mülleimer. Ich werde einige Male die Treppen rauf und runter laufen müssen, um das ganze Zeug zu entsorgen. Hätte ich von vornherein Ordnung in meiner Wohnung gehalten, wäre niemals dieser Berg Müll zustande gekommen. Jetzt werde ich dafür bestraft – oder belohnt? Die zusätzliche Bewegung empfange ich mit offenen Armen.

Der zweite Haufen enthält Gegenstände, bei denen ich mir im Laufe des Abends nicht sicher war, ob ich sie doch behalten sollte, weil man »ja nie weiß«. Ein Learning von meiner Mutter. Die Sachen aus dieser Kategorie möchte ich im Keller einmotten und in einigen Monaten zu entscheiden, ob ich sie vermisst habe oder nicht. Entsprechend können diese überflüssigen Besitztümer entsorgt oder verschenkt werden – oder auch nicht.

Der dritte Haufen, leider ist er der kleinste Haufen, der ist für Thilo. Für den obdachlosen. Die kalorienreichen Lebensmittel müssten genau das Richtige für jemanden sein, der im Winter in der Kälte hockt. Ich raffe das Zeug zusammen und packe zwei Päckchen und eine Aldítüte.

Um meine Spende nicht zu vergessen, stelle ich die Sachen vor die Tür, denn auf dem Weg zum Training kann ich sie mitnehmen. Bestenfalls habe ich durch mein Training um 6 bereits eine Ausrede parat, warum ich zu keinem Gespräch bereit bin, gebe ihm meine großzügige Essens- und Unterhaltungsspende und verschwinde schnell. Vielleicht kann Thilo sogar etwas von dem, was er bekommt, verkaufen? Eigentlich könnte man immer Dinge, die für den Flohmarkt oder Online-Auktionen bestimmt sind, an Obdachlose geben. Dann bleibt ein unglaublich glücklicher Mann zurück, der als Verkäufer Geld verdient und sich nicht wie ein Schmarotzer fühlt. Was benötigt man noch gleich, um eine Stiftung zu gründen?

Wieder einmal fühle ich mich fantastisch, komme aus meinem Rausch gar nicht heraus und beginne, die Fenster meiner Wohnung zu putzen. Erst als die sie glänzend poliert sind und ausnahmslos strahlen, kommt mir Thilo, mein Internet-Freund, wieder in den Sinn.

Ich möchte keinen Streit, schon gar nicht mit einem hochsensiblen Menschen, mit dem ich seit Jahren im Internet schreibe und eng verbunden bin. Und doch fühlt es sich wie ein Streit an.

Womöglich haben wir uns nur gegenseitig falsch interpretiert. Er kann im Gegensatz zu mir vielleicht keine Betonungen ausmachen, wenn er einen Menschen noch nie gehört hat. Oder ich sollte an meiner eigenen Begabung zweifeln. Ob ich etwas falsch verstanden habe – diese Frage geistert in meinem Kopf umher. Kaum setze ich mich an den Schreibtisch, um das Gespräch mit Thilo nachzuverfolgen und für mich zu analysieren, schreit mich meine Uhr an. Sie brüllt mir entgegen, dass ich längst zum Fitnessstudio hätte losfahren müssen. Ohne die Gaben für Thilo laufe ich zur Bushaltestelle los.

Frohes Neues! Worüber sprechen wir heute?», fragt mein Therapeut. Da ich wie gewohnt mit den Schultern zucke, fügt er hinzu: «Wie geht es Ihnen?»

«Fantastisch! Ich bin das erste Mal seit Ewigkeiten gut gelaunt», antworte ich, «alles ist super. Ich kann gar nicht beschreiben, wie es dazu gekommen ist. Ich bin heute nur hier, damit ich die Ausfallgebühr nicht zahlen muss.»

Mein Therapeut steht auf und reicht mir die Hand: «Dann war's das jetzt wohl. Viel Glück für Ihre Zukunft!»

Verdutzt schüttele ich die Hand und sehe ihm dabei zu, wie er das Zimmer verlassen will. Er legt seine Hand auf die Türklinke, zögert kurz und ist im nächsten Moment schon verschwunden. Ich schaue auf die Uhr über der Tür und frage mich, was ich die folgenden achtundvierzig Minuten unserer Sitzung machen soll. Welche Methode probiert mein verrückter Psychologe gerade an mir aus? In einer unserer letzten Sitzungen hat Dr. Werthers gesagt, er könne mir nur helfen, wenn ich mich öffnen würde.

Fünf Minuten sitze ich wie angewurzelt auf dem Sessel und schaue aus dem Fenster. Da ich mich unbeobachtet fühle, schlucke ich eine Thyroxin für die

Schilddrüse. Kann ja nicht schaden. Mir geht es fantastisch, seit ich das Zeug nehme. Kaum wird mein Nacken steif, weil ich mit verdrehtem Hals aus dem Fenster starre, quietscht die Tür und mein Therapeut schlendert mit einem Klemmbrett herein. Er lässt sich auf den Sessel fallen, schlägt die Beine übereinander und studiert den Zettel auf dem Brett mit seinem typischen: «Mhh ... Hm.»

Meine Hosentasche vibriert. Eine unbekannte Nummer ruft mich an und ich drücke sie weg. Keine Zeit. Irgendwann würde ich zurückrufen, wenn ich die Nummer kennen würde.

«Ich habe hier Ihren Test. Den ICD-Symptomtest, den wir vor einigen Wochen gemacht haben. Was glauben Sie, ist das Ergebnis?»

«In dem Test ging es um die Selbstwertsache, oder?», rate ich. Ich bin nicht sicher, was genau in dem Test stand und wo ich meine Kreuze gemacht habe.

Ich finde es erbärmlich, dass ich Kreuze machen muss, damit mein Therapeut weiß, was mit mir nicht stimmt. Warum hört er mir nicht zu, warum bekommt er mein Leben nicht live mit? Eine Mischung aus Therapeut und Bodyguard wäre doch ideal – man müsste ihm nichts erzählen. Man könnte ihn nicht mehr anlügen. Doch heute lüge ich nicht, ich sage wahrheitsgemäß, dass es mir gut geht. Doch mein Therapeut macht alles kaputt.

«Sie haben eine bipolare Störung. Ist in der Zwischenzeit etwas passiert, das ich wissen müsste?», fragte er mit ernster Miene. «Oder um mit einem Blick auf die Uhr zu fragen: Woher kommt Ihre Manie?»

«Manie? Welche Manie denn?», frage ich. Seit wann sind Energie und gute Laune ungesund? Wird

Engagement deshalb so klein geschrieben, weil alle Psychologen das zunichte machen?

«Ihnen geht es fantastisch. Nachdem Sie monatelang depressiv waren und ihr Leben in Scherben vor Ihnen lag. Haben Sie einen neuen Freund, eine neue Liebe? Fühlen Sie sich durch etwas Neues beflügelt?» Seine Augen suchen meinen, um herauszufinden, ob er mit seinen Rateversuchen richtig lag. Er will mich durchschauen, vermute ich. Eine unkontrollierte Reaktion in meinem Gesicht wahrnehmen, die ihm verrät, dass ich verliebt bin. Oder dass ich ihn die ganze Zeit angelogen habe, ein Hypochonder bin. Oder so ähnlich.

«Hat eine Manie nicht automatisch mit psychotischen Zuständen zu tun?», frage ich ungläubig und fühle mich verunsichert. «Und nein, ich bin nicht verliebt. Eigentlich bin ich nur euphorisiert, weil ich ein neues Leben lebe.»

Auf eine Psychose habe ich überhaupt keine Lust. Ich habe darüber schon einiges gelesen, als mir auf der Arbeit langweilig war und meine Suchmaschinen-Schleife mich auf einen Wikipedia-Artikel geschickt hat. Psychosen sind wirklich nicht lustig. Man glaubt an Verschwörungstheorien, dass alles einen Zusammenhang hat, ist davon total überzeugt, sodass man sich seine eigene Realität baut und da nicht mehr rauskommt. Etwas völlig Natürliches wie das Bellen eines Hundes oder die Form eines Schattens können Zeichen sein. Der Psychotiker schließt daraus, dass er nun etwas Bedeutungsvolles machen muss. Den Sinn des Lebens von Gott erfahren, von Aliens entführt werden, qualvoll hingerichtet werden, so etwas in der Richtung.

In eine hollywoodreife Abschiedsszene gehört plötzlich einsetzender Regen, bestenfalls mit Blitz und Donner. Kommt so etwas in der Realität vor, kann ein manischer Mensch mit Psychose den Regen als Zeichen des Universums oder des Schicksals betrachten. Für Außenstehende nicht nachvollziehbar.

Heißt im Klartext: Ich kann keine Manie haben. Schon gar keine Psychose. Und das heißt wiederum: Mein Therapeut ist ein Idiot.

Wie ich mich so im Sprechzimmer umsehe, bestätigt sich mein Verdacht. An der Wand hinter Dr. Werthers hängt ein großes Gemälde, das mir bei den bisherigen Terminen nicht aufgefallen war. Es ist ein kubistisches Bild eines Hundes, der Spaghetti isst und als auf dem Kopf einen Apfel hat. Wenn ich mich nicht irre, ist der irre Hund ein Chihuahua. Und gerade, weil dieses Bild so gestört aussieht, fühle ich mich auch gestört. Wie kann ein Patient seine Gedanken frei ausleben und ehrlich sein Innerstes preisgeben, wenn er von einem Anthony Falbo schief angestarrt wird?

Ich glaube, dass ich Kubismus hasse, bin mir aber nicht sicher, denn ich kann meine Augen nicht vom Apfel-Pasta-Chihuahua mit den schiefen Augen lassen.

«Ein neues Leben also», wiederholt er meine Worte und krickelt etwas auf das Papier. Ich löse meinen Blick vom Gemälde und schaue auf die Bewegungen, die seine Hand mit dem Stift macht. Vermutlich gewinnt er gerade im Tic-Tac-Toe-Spiel gegen sich selbst. Warum arbeitet er nicht mit einem Tablet? Sind Klemmbretter nicht langsam mal out? Er schaut mich skeptisch an. «So ganz plötzlich.»

«Ja, seit Silvester. Ist daran etwas falsch? Viele Menschen machen sich Neujahresvorsätze und sind danach vollkommen energiegeladen», sage ich und druckse herum. Der Bewegungsdrang kommt hoch, mein rechtes Knie brennt wie Feuer, ich will mich bewegen oder mindestens mein Knie, um diese krampfartigen Schmerzen wegzubekommen. Wenn ich genauer darüber nachdenke, ist dieses Krampfen da, seit ich meine Schilddrüsenmedikamente einnehme. Doch davon stand nichts in der großzügig überflogenen Packungsbeilage.

Das Gemälde muss neu sein! Ich nehme mir vor, ihn am Ende der Stunde danach zu fragen. Der Chihuahua brennt sich tiefer durch meine Netzhaut – ich befürchte, ich werde heute Nacht von diesem Bild träumen.

«Aber normal ist es, dass man seine Neujahrsvorsätze auf einen Rauchstopp beschränkt. Die Leute hören auf, Freitagabend Chips in sich hineinzustopfen, oder nehmen sich vor, einem Sportverein beizutreten. Etwa die Hälfte aller Neujahrsvorsätze wird Ende Januar gebrochen oder zumindest eingeschränkt. Was ist Ihr Vorsatz?» Dr. Werthers durchbohrt mich regelrecht mit seinem Blick, sodass die Linie zwischen seinen und meinen Augen dafür sorgt, dass ich mich immer mehr in meinen Sessel zurücklehne und beinahe darin versinke.

«Ich verzichte auch auf Chips. Und ich mache Sport, jeden Tag war angedacht. Aber meine Trainerin hat mich überredet, dass ich nur dreimal in der Woche Sport mache», erzähle ich und versuche, so locker zu klingen, wie ich mich fühle. «Wenn ich richtig Lust und Energie habe, darf ich sogar vier Mal ins Fitnessstudio gehen.»

«Können Sie sich genauso gut konzentrieren wie sonst?» Mein Therapeut reagiert scheinbar gar nicht auf das, was ich sage! «Oder fallen Ihnen zielgerichtete Handlungen schwer?»

Zielgerichtete Handlungen – was soll das nun wieder sein? Ich kann mir ein Brot schmieren, wenn ich ein Brot schmieren will, und werde nicht von einer Schneeflocke abgelenkt. Auch kann ich mich trotz abweichender Gedanken auf die Arbeit konzentrieren. Außerdem ist mein Alltag strukturiert und detailliert geplant. Ich weiß genau, wann ich von der Arbeit komme, zum Sport gehe und wann Thilo online verfügbar ist. Mein Leben richtet sich eben nicht mehr nach Mahlzeiten oder Gefühlen für irgendwelche Typen, die nie erreichbar sind – oder vielleicht auch nur so tun als ob.

«Ich weiß nicht genau, was Sie meinen. Aber ich habe weniger Probleme, mit Menschen zu sprechen, und fühle mich insgesamt lockerer. Und besser. Ich glaube, ich bin ein besserer Mensch geworden» Ich versuche, es ihm gleichzutun und mit meinem Redeschwall einfach weiterzumachen.

«Seit wann ist das so?», fragt mein Therapeut. Er hat sich nach vorn gelehnt und starrt mir direkt in die Augen. Dabei kratzt er sich am Kinn, als könne er dadurch besser zuhören.

«Seit Silvester, das habe ich Ihnen doch gesagt», gebe ich pampig zurück. «Also seit etwa drei Wochen läuft alles rund.»

«Haben Sie viel Geld ausgegeben?», fährt Dr. Werthers fort. «Sind Sie vielleicht verschuldet?»

«Warum fragen Sie mich das? Ich gebe sehr wenig Geld aus, weil ich weniger Nahrungsmittel brauche.

Eigentlich esse ich fast gar nichts mehr, was jetzt nicht bedeutet, dass ich eine Nulldiät mache.» Ich fühle mich, als würde ich bei meinem Therapeuten prahlen. Tatsächlich habe ich einige Zeit nicht mehr mit Thilo gechattet, sondern meine Freizeit am Computer in Foren verbracht und mir einiges an Wissen angeeignet. Inzwischen weiß ich eine Menge über Ernährung, Fasten und sogar über Buddhismus. Als Nächstes auf meinem Lebensplan steht ein Yoga-Kurs mit allem drum und dran. Vegetarische Ernährung, Meditation und richtig anstrengende Haltungen werden Bestandteil meines Alltags werden.

«Keine Nulldiät also ...», nuschelt er seinem Klemmbrett zu. Was sagt das Klemmbrett nun? Gibt es ihm gute Antworten? Ich glaube allmählich, dass er ein Kreuzworträtsel vor sich hat und ein Wort mit zehn Buchstaben für eine gesunde Lebensweise sucht, die in einem relativ kurzen Abschnitt von einigen Wochen oder Monaten praktiziert wird.

Leider hat Nulldiät neun Buchstaben – bei den coolen Kreuzworträtseln. Ich habe von welchen gehört, in dem Umlaute nur ein Kästchen einnehmen und bin nicht davon begeistert. In vielen Fällen bin ich mehr der Oldschool-Typ, wie beispielsweise bei den Umlauten in Kreuzworträtseln. Früher war vieles besser.

Früher habe ich auch meine Freundinnen in der Schule gesehen. Und ich hatte überhaupt welche! Sie sind mir einfach so zugeflogen und ich habe keine Ahnung, wie ich mich mit ihnen angefreundet habe. Sie waren einfach da. Bis die Schule zu Ende war. Dann waren sie einfach weg.

Heute muss man Menschen mühevoll kennenlernen, aus dem Zufall etwas Bedeutendes machen und sich darum kümmern, dass der Kontakt nicht abbricht. Freunde zu haben ist harte Arbeit. Aber ich bin für diese Arbeit gerne bereit.

Wenn ich daran denke, wofür es sich in meinen Augen zu arbeiten lohnt, bin ich stolz auf mich. Ich opfere mich gerne für Pauls Techtelmechtel auf und tue Anja Gutes. Bei der Beziehung zu Anja hilft mir Paul, indem er der Kontaktmann ist. Der Grund, weshalb sie und ich uns überhaupt unterhalten sollten.

Der Gedanke, Freundschaft und einen schlanken, gesunden Körper miteinander zu vergleichen, erhellt meine Laune noch mehr. Ich freunde mich allmählich mit meinem Körper an. Das ist der gigantischste Fortschritt, den ich bisher erreicht habe!

»Was machen Sie, wenn Sie keine Nulldiät machen?«

«Das nennt sich Heilfasten. Man nimmt bis zu einem halben Kilo pro Tag ab und es gibt eine richtige Community, sozusagen eine kleine Anhängerschaft, die das unterstützen und ernst praktizieren.» Stolz merke ich, dass Heilfasten zehn Buchstaben hat.

«Ernst praktizieren?», hinterfragt mich mein Therapeut. «Was genau bedeutet das?»

«Wir wollen den Körper reinigen, uns von Schlacken lösen und auf die industrielle Chemie verzichten. Geschmacksverstärker, chemische Zusatzstoffe, Stabilisatoren, all das brauchen wir nicht. Das verbanne ich aus meinem Alltag und finde es richtig gut. Und ich achte darauf, möglichst keine Kohlenhydrate oder Fett zu mir zu nehmen, wenn ich dann doch etwas essen sollte. Außerdem beschäftige ich mich mit dem Thema Nahrungsmittelverschwendung. Ich habe sogar ein Paket für Thilo fertiggemacht. Das hätte ich neulich auf dem Weg zum Sport mitnehmen können, habe es aber leider vergessen.» Ich fühle mich wie in dem Moment, als ich dem Obdachlosen den Döner spendierte. Wie ein Gewinner.

«Wer ist noch gleich Thilo? Ihre Internet-Bekanntschaft?».

«Nein, also ja. Der Freund aus dem Internet heißt Thilo. Aber ein obdachloser Freund von mir heißt auch Thilo. Das ist doch ein Zeichen!», erkläre ich und freue mich irgendwo in mir drin über das ernste Interesse meines Therapeuten. Was er damit bezwecken möchte, ist mir leider nicht klar. «Ich habe ihm ursprünglich einen Döner geschenkt, habe aber entschieden, dass ich ihm meine Süßigkeiten und Snacks schenken möchte, weil so jemand wie ich das nicht benötigt.»

Mein Psychologe lehnt sich wieder zurück. «Was genau heißt jemand wie Sie?»

Ich überlege kurz. «Ein zufriedener, glücklicher Mensch mit Höhen und Tiefen im Leben. Ich akzeptiere meine Verstimmungen, auch die depressiven Episoden. Aber trotzdem bin ich kraftvoll und schaffe das alles.»

«Was glauben Sie, schaffen zu müssen?»

«Das Leid und Elend jedes einzelnen Tages. Wie Menschen aus der Gesellschaft ausgegrenzt werden, wie die Schere zwischen Arm und Reich immer größer wird. Meine Krankheiten. Den Alltag in der Agentur mit diesen Topmodels, deren Falten und Augenringe ich retuschieren muss. Das ist doch alles nicht echt, so viel in unserer Welt ist oberflächlich und aufgesetzt», predige ich, «aber das alles bekomme ich unter einen Hut und bin stabil dabei.»

«Frau Alfons», sagt mein Therapeut ruhig. «Das klingt alles sehr manisch. Ihre bipolare – äh, Charakterfärbung – hat einen der höchsten Punkte erreicht. Ihre Stimmung ist sehr gehoben. Unter diesen Bedingungen müssen wir Ihr Medikament anpassen.»

«Sind Sie verrückt?», Ich fühle mich hibbelig. »Ohne das Antidepressivum wäre ich doch wieder schlapp und mit der Welt überfordert.«

»Mit einer Manie ist nicht zu spaßen. Ich würde Sie gerne zum Psychiater schicken. Alsbald möglich.« Er atmet sehr langsam und tief durch. «Zwei Räume weiter ist die Praxis meines Bruders. Bei ihm haben Sie keine Wartezeit. Er sollte mit Ihnen ein neues Medikament einschleichen, das Sie stabilisiert und nicht die Stimmung nach oben hebt. Sind Sie traurig, macht es Sie ein bisschen glücklicher und wenn Sie glücklich sind, werden Sie dadurch ein bisschen gefasster. Die Kurven werden sozusagen verringert. Sie werden nicht schlagartig depressiv. Können Sie nachvollziehen, warum wir Ihr Medikament anpassen müssen?»

«Irgendwie schon, ja», gebe ich widerwillig zu. «Je höher man fliegt, desto tiefer kann man wohl fallen, oder?»

«Danke, dass Sie so verständig und intelligent sind.» Das sagt Dr. Werthers nicht. Aber ich glaube, dass er es denkt. Wann war ich zuletzt so von mir überzeugt?

«Sie können wirklich reflektiert sein», sagt der Psychologe und hebt eine Augenbraue. «Ich habe wenige Patienten, die so ausgeglichen sein können, obwohl sie sich ständig in einem Extrema befinden.» Alles fühlt sich unwirklich an. Irgendwie zweifle ich daran, dass er das wirklich gesagt hat.

«Das heißt Extremum in der Einzahl», sagt die gebildete Patientin. Ich kriege nicht wirklich mit, wie ich das selbst sage.

«Extremum, danke. Ich wünsche Ihnen viel Erfolg und einen schönen Tag.» Er steht auf und reicht mir die Hand. Die fünfzig Minuten sind seit fast einer Viertelstunde vorbei und ich bin damit wohl sein letzter Termin des Tages.

«Danke, Herr Werthers. Herr Doktor Werthers.» Auch ich stehe auf und reiche ihm artig meine Hand, wie professionelle Patienten das so tun. Professionelle… was? Scheiße, ich weiß nicht mehr, welche Tabletten ich heute genommen habe. «Brauche ich eine Überweisung?»

«Nein, brauchen Sie nicht. Der Psychiater ist mein Bruder und wir haben ein Art Familienabkommen. Wir helfen unseren Patienten so schnell wie möglich und das läuft gewissermaßen auf Vertrauensbasis. Aber bitte nicht weitersagen. Bis nächste Woche. Freitag um fünf?»

«Klar. Freitag um fünf.»

Zwischen den beiden Praxen klingelt mein Handy erneut. Eine unbekannte Nummer versucht, mich zu erreichen. Zwei Türen weiter betrete ich die Praxis, auf deren Schild tatsächlich »Dr. Werthers – Psychiater« steht. Was auch sonst? Mir ist nie aufgefallen, dass ich mich hätte verlaufen können. Bei meinem ersten Termin, als ich das Gebäude gesucht habe, hätte ich mich einfach vertun und beim falschen Doktor landen können. Wie oft das wohl passiert ist? Ich kenne verdächtig viele Menschen, die sich einen Namen teilen. Vielleicht will mir jemand oder etwas damit etwas sagen.

Die Sprechstundenhilfe ist zu meinem Überraschen eine fette, pickelige Aushilfe. Klar, sie ist keine Aushilfe, aber sie sieht nicht aus, als wüsste sie, was sie tut. Sie ist jung, vielleicht eine Auszubildende. Ein Spiegelbild meiner selbst. Und ich verurteile sie auf den ersten Blick, Schande über mich. So denken also die Kunden unserer Werbeagentur über mich, wenn sie lächeln und mich freundlich begrüßen. Sie denken sich: »Oh nein, die hässliche Fette ist am Werk. Die kann bestimmt nichts«.

Ich würde mich schlecht fühlen, so über jemanden zu denken, wenn ich nicht in einer Hochwolke der Überlegenheit schweben würde. Wer ein so diszipliniertes Leben führt wie ich, kann über andere urteilen, die augenscheinlich nichts für sich und ihren Körper tun.

Ich schaue auf mein Handy. Das Klingeln hat aufgehört und ich kann leider nicht zurückrufen. Armer, unbekannter Anrufer. Ich bin in Sicherheit.

«Hi, ich komme vom anderen Dr. Werthers», kündige ich mich fröhlich an.

»Dann möchten Sie einen Termin bei unserem Dr. Werthers, oder?« Die Frau kriegt ihre Zähne kaum auseinander und spricht extrem leise.

«Natürlich. Der Bruder hat mich hierher geschickt.» Das hast du schon gesagt, Fiona. Konzentrier dich.

«Ich kann Ihnen leider für morgen nichts anbieten», sagt die junge Frau und blättert im A4-Kalender. .

«Sie haben sicher schon Feierabend.» Ich schiele auf die Öffnungszeiten unter dem Schild mit der Aufschrift Dr. Werthers – Psychiater. Wie kann es eigentlich sein, dass ich einen Psychologen und einen Psychiater Dr. Werthers kenne, dass mein ach-so-bester Freund Paul genau wie mein Bruder Paul heißt und dass der Obdachlose ebenso wie die Internetbekanntschaft Thilo heißt? Jetzt denke ich sogar daran, wie meine Mutter das Wort Internetbekanntschaft zu betonen pflegt. Wie armselig ich doch bin. Selbst mein Gedanken lassen mich enttäuscht von mir selbst sein. Plötzlich ist meine gute Laune verschwunden.

Meine gefühlte Zwillingsschwester macht mit mir einen Termin aus, während ich nicht umhinkann, ihre Körperfülle anzustarren. Gedanklich frage ich mich die ganze Zeit, wer von uns dicker ist, und ob ich von anderen so wahrgenommen werde, wie sie auf mich wirkt.

Trotzdem fühle ich mich ihr überlegen. Mit welcher Begründung – keine Ahnung. Vielleicht ist es keine schlechte Idee, dem Psychiater einen Besuch abzustatten.

Auf dem Heimweg klingelt schon wieder mein Handy. Genervt gehe ich ran, obwohl ich unbekannte Nummern immer abwehre. Schlimmstenfalls ist es einer dieser illegalen Werbeanrufe, die meinen Strom viel günstiger anbieten können, eine kurze Umfrage zur Altersvorsorge mit mir machen oder ein Lotto-Betrüger, der mir erzählt, ich hätte ein Abo abgeschlossen und müsse eine Menge Geld bezahlen. Was kann schon Schlimmeres passieren?

«Hallo?», melde ich mich.

«Fiona? Ich bin's, Anja», meldet sich eine dünne, leicht zittrige Stimme. Für einen Moment sagt sie nichts. «Kann ich zu dir kommen?»

»Was? Warum?« Ich bin überrascht. «Klar kannst du kommen. Ich bin in einer halben Stunde zu Hause und ich wohne in–»

«Ich weiß, wo du wohnst. Paul hat es mir gesagt.»

«Kommt Paul mit?»

Das Mädchen schluchzt. «Nein, dein toller Paul ist ein Arsch. Aber das möchte ich dir gerne gleich erzählen. Hast du einen Tee für mich? Ich weiß, wir kennen uns gar nicht, aber ich weiß nicht, wohin ...»

«Anja, komm runter. Alles ist gut. Ich habe Tee, sogar Rooibos.»

«Hast du nicht auch Mate-Tee? Paul hat erzählt, du wärst verrückt danach. Ich nämlich auch.»

Ich mag diesen blonden, weinenden Sonnenschein schon jetzt.

D ie Welt ist ungerecht.» Anja rührt lustlos im Tee. Sie zwang mich vor nur wenigen Minuten dazu, ihr Zucker in den Tee zu geben. Wahre Teetrinker trinken ihren Tee ohne Zucker. Die Kalorien aus dem weißen Industriezucker gehen sofort auf die Hüften. Natürlich gilt das nur für mich und nicht für bildhübsche Frauen wie mein Besuch. Ein so schönes, dünnes Mädchen wie Anja kann es sich erlauben, Tonnen von Zucker mit einem Tropfen Tee zu vermischen und sich das Zeug literweise einzuverleiben.

Ihr Körper scheint einfach perfekt zu sein. Die karierte Bluse betont ihre bildhaft schönen Augen und ihr gewelltes Haar fällt sanft über die Schultern. Meine Haare bilden ein strohiges Dreieck, das sich widerspenstig vor meinem Kopf ekelt und daher ständig in alle erdenklichen Richtungen absteht. Meine Assoziation führt mich zu dem Film Die wilden Hühner. Sie erinnert mich an Sprotte, ich kann mir buchstäblich vorstellen, wie Anja ein Huhn auf ihrem Schoß streichelt. Heißt das, dass sie ein guter Mensch ist?

Ich versuche, die Frage zu umgehen, warum sie ausgerechnet zu mir kommt, also rühre ich sinnlos meinen zuckerfreien Tee und mustere sie. Ich weiß nichts über sie und darüber, wie man in einer solch merkwürdigen Situation mit einem anderen Menschen umgeht. Eigentlich habe ich mich mein Leben lang erfolgreich davor gedrückt.

Wahrscheinlich muss ich sie jetzt fragen, was mit ihr los ist und was sie genau von mir erwartet. Inwiefern ich ihr helfen kann. Doch bin ich unsicher. «Okay, Fiona», denke ich. «Tu niemandem weh, sag nichts Dummes und bitte mach einfach nichts falsch!» Denn Anja kennt mich seit Silvester nur als die angeblich beste Freundin von Paul, die bekifft und ohne intaktes Bewusstsein in Wolfgangs Zimmer geschlafen hat. Sie weiß nicht, wie erfolgreich und stark ich in dieser Zeit geworden bin. Auch, wenn ich meinem Therapeuten etwas anderes erzählt habe. Immer, wenn ich von Menschen erzähle, die ich kenne, muss ich sie gleich als Freunde hinstellen. Klasse Methode, Fiona. Lüg' deinen Therapeuten an!

Anja weiß auch nicht, dass ich schon mehr als eineinhalb Kilo verloren habe und sogar meinem Therapeuten überlegen bin. So, wie ich mein Leben momentan gestalte, habe ich bald keinen Therapeuten mehr nötig. Auch keinen Psychiater. Mit einem mulmigen Gefühl denke ich an den baldigen Termin bei Dr. Werthers den Zweiten.

Jede bisher vermeintlich natürliche Angst vor Gesprächen ist plötzlich restlos verschwunden.

Sie seufzt. «Weißt du, manche Leute wollen unbedingt Kinder und versuchen alles Mögliche über Monate, nur um endlich mit ihrer großen Liebe ein neues Leben zu zeugen. Und es gibt sogar Hormontabletten und alle erdenklichen Möglichkeiten. Hast du bestimmt schon mal im Fernsehen gesehen.»

Kinder kriegen? Bin ich bei der versteckten Kamera? Will sie Paul heiraten? Ich schaue mich mit einem unbehaglichen Gefühl in meiner Wohnung um und suche nach dem klassischen Teddybären, dem ein Auge ausgestochen und mit einer kleinen Kameralinse ausgetauscht worden ist. Wenn Anja und Paul kurz davor sein sollten, vor den Traualtar zu treten, nur wegen einer Liebschaft einer einzigen Nacht, würde ich mich am liebsten erschießen. Ich brauche Antidepressiva, sofort!

«Was willst du mir sagen, Anja?»

«Ich bin irgendwie ...» Plötzlich vergräbt Anja ihr Gesicht in den Händen und hält die Luft an, als wolle sie verhindern, dass ihr Mund etwas sagt, was Hirn und Herz verbieten. Nur wenige Sekunden später bricht sie in einen herzzerreißenden Heulkrampf aus.

Ich nehme einen großen Schluck Tee und ertränke damit das Knurren meines Magens für einen kurzen Moment. «Alles wird gut, egal, was es ist», sage ich behutsam und lege meine Hand auf ihre.

Ungläubig sieht sie mich an.

«Mensch, du Ärmste! Was ist denn passiert, das dich so fertig macht? Bitte hör auf zu weinen», sage ich verzweifelt, um Anjas Schluchzen zu unterbrechen. «Willst du'n Bier? Schon stehe ich vor dem Kühlschrank.

Doch was auch immer ich gerade gesagt habe, bohrt Anja einen weiteren Pflock ins Herz, sodass sie unendlich traurig ausschaut und erneut zu weinen beginnt. Das Weinen wird binnen Sekunden zum dramatischen Heulen, ihr zarter Körper zittert scheinbar unkontrolliert. Sie tut mir unendlich leid.

«Ich ... darf kein ...», bringt sie durch unzählige Schluchzer hervor und atmet tief ein, hört auf zu weinen und sagt beim Ausatmen in einem schnellen Satz: «Ich darf kein Bier trinken.»

Plötzlich begreife ich. «Du bist so irgendwie ... schwanger von Paul, kann das sein?», rate ich und hoffe, dass ich nicht recht habe, weiß aber gleichzeitig, dass es so ist. Ich fühle, wie diese schlechte Nachricht in mich eindringt und versucht, mein Herz zu ersticken.

Anja nickt verzweifelt.

«Und wie hat er reagiert, magst du mir das sagen?» Ich bin erstaunt darüber, wie gefasst ich bin, und wie ich mit dem Thema umgehe, das so bohrend und stechend ist wie die Nachricht über den Tod meiner Oma vor etlichen Jahren.

Ausgerechnet diese Oma hat mir immer gesagt, dass man im Leben über drei Sachen keine Kontrolle haben kann: über die Geburt, die Liebe und den Tod. Erst jetzt wird mir klar, dass eine Schwangerschaft die Kombination aus allem ist: Aus Liebe, auch wenn es nur die erotische ist, entsteht Leben. Und die Schwangere entscheidet für das Kind über Geburt oder Tod. Im Falle einer Abtreibung möchte ich nicht in Anjas Haut stecken. Fühlt sich sowas schlimm an? Oder denkt man sich einfach, dass man sich ein neues Kind macht, wenn man Bock drauf hat? Da man Kinder wenigstens theoretisch neu machen kann, ist eine Abtreibung doch keine Diskussion wert. Aber wenn ein Säugling älter wird, ist er ein individueller Mensch. Das sieht man allein daran, dass Geschwister manchmal unheimlich unterschiedlich sind. Mein Bruder ist derzeit das Gegenteil von mir. Hätte meine Mutter ihn abgetrieben, … Oh, wow, das wäre furchtbar. Allmählich glaube ich, dass ich mich mit dem Thema mal auseinandersetzen sollte. Spätestens jetzt könnte ich mit meiner bisher emotionslosen Meinung auf Granit beißen. Ich habe kein Recht auf eine Meinung, solange ich keine Ahnung habe, was bei einer Abtreibung im Körper einer Frau passiert.

Anja atmet tief durch. «Hast du etwas für mich? Irgendwas, was mich beruhigt?», fragt sie.

Ich denke an Antidepressiva, da Alkohol ausgeschlossen ist und unser einziger gemeinsamer Freund scheinbar nicht der richtige Muntermacher ist. Mein zweiter Dr. Werthers wäre eine Art Anlaufstelle, eine Quelle allen Glücks inklusive Freifahrtschein. Ist es das, was Anja gebrauchen kann? Wie kann ich ihr sonst helfen? Und wie helfe ich mir selbst, wenn ich von meinem Höhenflug sinken oder gar abstürzen sollte?

«Nein, also doch, was brauchst du denn?», stammele ich. Zu gerne würde ich eine Anleitung haben, wie ich diese Situation am besten meistern kann. Ich habe doch in solchen Gesprächen keine Übung.

«Keine Ahnung. Ich weiß es selbst nicht. Ich will am liebsten einfach so, mit einem Klick sozusagen, wieder glücklich sein.» Anjas Atmung beruhigt sich, die Schluchzer vereinzeln sich.

«Du willst die Zeit zurückdrehen, richtig?», schätze ich und erahne, wie Anja sich fühlen muss. Auch wenn mein Leben bisher nicht so aufbrausend und spannend war, so weiß ich doch genau, wie sich der bohrende Wunsch anfühlt, seine Vergangenheit ändern zu wollen.

«Ja, das will ich. Ich wünschte so sehr, dass das alles nicht passiert wäre. Paul hat gar nicht reagiert. Ihm war alles egal!» Dicke Tränen kullern über ihre Wangen.

Mir wird schlecht. Magensäure steigt auf und brennt säuerlich in der Speiseröhre. Es fehlen bloß noch der krachende Donner und der plötzlich einsetzende Regen, ausschließlich von Blitzen unterbrochen. Aber was man hinter meinen Fenstern sieht, sind dämliche Vögel in der großen Eiche mit verflucht glücklichen Liedern. Jedes Tschiepen geht mir auf die Nerven. «Wie, er hat nicht reagiert?» In meinem Kopf steht da ein angewurzelter Paul ohne Emotion und Reaktion und geht einfach aus dem Szenenbild, nachdem Anja ihm gesagt hat, dass sie schwanger ist.

«Na ja, er hat gesagt, er kann mir Unterhalt bezahlen, wenn ich das Kind behalten will», sagt Anja. «Sein Bruder hätte das wohl auch so gemacht und es gab keine familiären Probleme deswegen. Ich glaube, er hat etwas davon gesagt, dass die Hauptsache sei, dass seine Eltern nichts erfahren. Deshalb würde er mir auch eine Abtreibung und alle damit verbundenen Kosten spendieren.»

«Das tut er einfach so?» Ich kann nicht glauben, was ich da über Paul und Wolfgang erfahre, und wie herzlos mein bester Freund sein kann. Was wäre, wenn so etwas mit mir passiert wäre? Wäre Paul so auch mit mir umgesprungen? Und vor allem frage ich mich, ob wir überhaupt noch Freunde wären. Oder ob wir noch Freunde sind. Eigentlich hätte Paul mich wegen so einer Nachricht angerufen. Er braucht mich doch sonst für so viele Situationen und ich habe mich seinetwegen gebraucht und wichtig gefühlt. Alles, was davon übrig geblieben ist, ist eine Leere, die von latentem Hass Paul gegenüber begleitet wird.

«Das ist doch egal», reißt mich Anja aus meinen Gedanken. «Er würde einfach alles bezahlen. Er hat sogar von einer Art Schmerzensgeld geredet. Einen Urlaub für mich und meine beste Freundin oder eine große Party würde er mir bezahlen. Er denkt, er könnte sich alles erkaufen. Als ich Paul vor Jahren kennengelernt habe, war er nicht so ein oberflächlicher, arroganter Mistkerl!» Wieder bricht Anja in Tränen aus.

Ich fülle Zucker in meinen Tee. Vielleicht beruhigt das meinen Magen. Wer ist Paul? Es kommt mir vor, als erkenne ich sein Verhalten nicht wieder. Als sprächen wir von einer Person, die ich nicht kenne.

Einige Stunden sitzen Anja und ich da und vergessen die Zeit. Wir sinnieren über den Sinn des Lebens und darüber wie sich das Mysterium Paul verhält. Und schließlich erzähle ich ihr von den merkwürdigen Überschneidungen, die ich in den Namen der Menschen ausmachen konnte. Es geht um Zufälle und Schicksal, das ganz Große im ganz Kleinen.

Fakt ist, dass Anja in der Silvesternacht schwanger geworden ist und das von dem Paul, der mich kurz zuvor geküsst hat. Auch, wenn es kein schöner Kuss war, war es das erste Mal, dass mein bester Freund und ich uns so nahe waren. Und dann sowas! Damit hat er nicht nur mich verletzt. Anja ist ein Häufchen Elend und ich wünsche mir nichts mehr, als sie aus Eifersucht wie die Powacklerin Chantal als Schlampe abzustempeln oder wenigstens eine hässliche Äußerlichkeit abwerten zu können. Aber sie ist sonst ein strahlendes Mädchen, das mit seinen Sommersprossen immer fröhlich wirkt. Nur heute ist ihre Stimme nicht sanft wie Honig, und ich hätte nicht gedacht, dass sie so rau sein kann, wenn sie weint.

Es tut mir leid und gleichzeitig auch weh, sie so sehen zu müssen. Von Eifersucht bleibt keine Spur.

Als sie mich gegen Ende des Gespräches fragt, ob ich sie ablenken und ihr durch was auch immer ein schönes Gefühl geben könnte, fühle ich mich wie aufgeweckt. Ich würde sie zu Thilo, dem Obdachlosen führen und ihr zeigen, wie gut man sich fühlt, wenn man Gutes tut. Das ist wirklich besser als Antidepressiva. Gegen die Kalorien, die ich trotz Diät in meinen Tee geschummelt habe, werfe ich eine Tablette Thyroxin ein und wir machen uns aufbruchbereit.

Sie steht mit der Tüte und dem kleineren der beiden Päckchen bewaffnet vor meiner Wohnungstür. «Ich bin soweit. Weißt du, wie der Obdachlose heißt?»

«Thilo. Lustigerweise genauso wie mein bester Freund.»

«Ich dachte, das wäre Paul?», fragt Anja verwirrt und sieht wieder aus, als sei sie den Tränen nahe.

Ich nehme ihr das Päckchen ab und lade es auf den Karton, das ich bereits in den Händen halte. «Paul ist momentan außer Konkurrenz», zwinkere ich ihr zu, «und Schwangere sollen nicht so schwer heben, Madame.»

Da Anja nur mit müdem Lächeln schweigt, frage ich sie belanglose Sachen über ihren Charakter, ihr Leben und ihren Alltag. Es tut gut, über sich selbst zu reden, wenn man jemand Neues kennenlernt, der an einem interessiert ist. Trotz meiner sozialen Ängste mag ich das sehr gerne. Ich hoffe, sie mag es genau so sehr wie ich und ich kann ihr eine richtige Hilfe sein.

Das Gespräch schwenkt schnell wieder auf Paul um und Anja fragt mich aus. Woher ich Paul kenne, will sie wissen, und wie es dazu kam, dass wir uns als beste Freunde bezeichnen, obwohl wir uns in letzter Zeit kaum gesprochen haben.

Doch bevor ich auch nur einen Gedanken an Pauls Beziehung zu mir verschwenden kann, erblicken wir ein blaues Leuchten am Horizont. Krankenwagen stehen genau da, wo Thilo auf seiner Pappe wohnt.

Mit jedem Schritt zweifle ich mehr daran, dass jemand versucht hat, die Kasse des Dönerladens auszuräumen und zufällig genau hier gepackt worden ist.

Ich werde nervöser, je mehr Polizeiwagen ich sehe. Sogar die Feuerwehr ist anwesend. Drei Streifenwagen stehen im Halbkreis angeordnet auf der Straße, einige Polizisten versuchen, den Feierabendverkehr in der winterlichen Abenddunkelheit abzuwenden. Ich bleibe stehen und strecke meinen Arm aus, sodass Anja dagegen läuft und ebenfalls stehenbleibt.

Vor uns sehen wir etwas Schwarzes. Irgendetwas hat gebrannt. Was auf dem steinernen Boden gebrannt hat, ist nicht erkennbar, aber der Leichensack in der Nähe von drei Sanitätern umso besser. Die blauen Lichter werden abwechselnd von Dunkelheit erstickt, doch gleichzeitig vom Blaulicht des anderen erhellt. Feuerwehr, Krankenwagen und das Großaufgebot von Polizei lassen mein Herz in die Hose rutschen. Ich schlucke, da meinem Körper nichts anderes bleibt. Anjas Finger krallen sich in meine Hände, ihr Blick ist auf den Boden gerichtet. Ich schaue ebenfalls dorthin und finde Blutspuren. Wenn mich nicht alles täuscht, mache ich sogar ein paar Zähne oder Knochensplitter zwischen den Spuren aus und mir wird schon wieder schlecht. Das ist der einzige Job meines Magens: Schmerzen und Übelkeit verbreiten. Bei solch einem Anblick ist das aber auch kein Wunder.

«Anja, halt dich fest», flüstere ich beim Anblick des Geschehens. Sie nimmt meine Hand. Mir wird schwindelig, aber ich will Anja trotzdem eine Stütze sein, falls es nötig sein sollte. Die Tüte mit Chips und Süßigkeiten, die sie getragen hat, streift den Boden, weil ihr Arm genau das tut, was meiner soeben vorgemacht hat. Ein stechender Schmerz in meinem Rücken versucht, mich aus der Fassung zu bringen, aber ich ignoriere ihn gekonnt. «Ich habe zu lange gesessen heute – schon kapiert», zische ich innerlich meinem Rücken zu. «Jetzt lass' mich in Ruhe!»

Eine strenge, aber freundliche Polizistin klärt uns auf. Sie redet bestimmt, aber einfühlsam und hört mir zu, während ich ihr von den Plänen berichte, dass wir einem Obdachlosen Spenden bringen wollten und dass ich mit besagtem Mann stets recht nett geplaudert hätte. Zwar hatten wir nur ein einziges Gespräch gehabt, aber die Polizistin schildert mir, was passiert ist.

Nach einem eher kurzen Wortwechsel weiß ich, dass der Obdachlose nicht Thilo heißt, sondern Oscar. Er gab sich manchmal als gefallenen Broadway-Star aus und nannte sich in dieser Rolle Rudi oder Rick. Sein amerikanischer Akzent sei tadellos gewesen, und bei all den Informationen bereue ich, nicht ein zweites Gespräch mit dem Mann gehabt zu haben.

Meine Stimme ist zittrig, weil ich noch nie so nahe bei einem toten Menschen gestanden habe. Der zu allem Unbehagen auch noch einfach in einem Leichensack auf dem Boden rumliegt – das sollte niemand jemals erleben. Auch habe ich noch nie so viel Blut gesehen und fühle mich unwohl.

Es habe wohl eine Prügelei gegeben, die durch ein gezücktes Messer des flüchtigen Täters eskaliert ist. Die Polizistin schätzt, dass der Obdachlose mit den vielen Namen oder Rollen zuvor etwas verbrannt hat. Ob das dem Kontrahenten gehört hat oder ein Beweismittel für irgendwas war, wisse man nicht.

Angesichts der Tatsache, dass ich weder den richtigen Namen des Mordopfers kannte, noch dass ich etwas Sinnvolles zum Ermittlungsverfahren der Polizei beitragen kann, filzt die Polizistin unsere Mitbringsel. Sie müht sich ein anerkennendes Lächeln ab und gibt per Funkspruch an ihre Kollegen weiter, dass sie «keine neuen Hinweise» habe. Anja und ich sind also nutzlos als Zeugen.

Der Tod des Obdachlosen ist ein schmerzlicher Verlust. Gerade in unserer Situation! Es muss schrecklich gewesen sein, was sich hier wohl mit Messerstichen, Blut und so abgespielt hat.

Anja bricht zusammen, ihr Körper hebt und senkt sich ruckartig unter ihrer unkontrollierten Atmung. So hatte sie sich ihre Befreiung von schlechten Gefühlen und Gedanken wohl nicht vorgestellt. Die Polizistin sieht mich hilfesuchend an und ich bitte sie, einen Krankenwagen zu rufen, bevor sie etwas sagen kann. Danach bin ich mit meinem Latein am Ende.

Nachdem Anja in den Rettungswagen gebracht wurde, gehe ich nach Hause. Der Spaziergang tut gut. Meine Gedanken kreisen noch immer durcheinander. Der Obdachlose wurde erstochen. Er ist tot und kommt nie wieder, wird mir niemals erzählen, warum er auf der Straße gelandet ist. Ich werde niemals erfahren, wie sein Gesicht ausgesehen hätte, wenn ich ihm meine überflüssigen Gebrauchsgüter und Süßigkeiten geliefert hätte. Oscar liegt jetzt im Leichensack, wo ihm hoffentlich endlich mal warm ist.

Das Leben ist sinnlos, weil wir alle geboren sind, um zu sterben. Wie es Anja wohl geht? Ich sollte sie schleunigst besuchen und nachfragen, aber erst muss ich schlafen und morgen den Termin bei Dr. Werthers wahrnehmen. Gleich danach werde ich zu Anja fahren, denn Freunde machen das so. Vermutlich bin ich trotz dieses guten Vorsatzes eine extrem schlechte Freundin, selbst wenn wir noch keine zwei Stunden echte Freundinnen sind.

Alles geht so verdammt schnell.

Ich habe eine Depression. Das hat vor allem mit meinem Übergewicht zu tun, aber meine Kindheit war auch recht schwer und ich mache eine Art ... schlimme Zeit durch, sagen wir mal», erkläre ich.

«Aha», sagt der Psychiater Dr. Werthers trocken, «wie äußert sich das genau?»

«Mein Therapeut Dr. Werthers von nebenan hat mich hergeschickt. Wie unschwer zu erkennen ist, ist er ja Ihr Bruder. Mir geht es streckenweise immer wieder schlecht, manchmal sogar ohne Grund. In den Phasen, in denen ich einen Grund für meine depressive Verstimmung habe, wende ich die Methoden und Übungen von ihm an», erwidere ich. «Aber manchmal, wenn alles perfekt läuft, geht es mir unerklärlich schlecht.»

«Aha. Treten Hochgefühle auf? Hatten Sie jemals eine Manie? Und damit meine ich, ob Sie jemals in Ihrem Leben, sagen wir mal, seit fünfzehn Jahren etwa, einen viel zu fröhlichen Erregungszustand oder Ähnliches hatten.» Dr. Werthers schaut durch seine runden Brillengläser direkt in mein Inneres, zwirbelt die Spitze seines Bartes zwischen den Fingern und seufzt.

«Nein, nie», lüge ich.

«Aha», sagt der Psychiater. Es fehlt nur ein Klemmbrett mit einem kopierten Kreuzworträtsel, und schon sieht der Herr aus wie sein Bruder. Nur älter.

«Werden Sie mir jetzt etwas verschreiben?», frage ich und lasse es absichtlich ängstlich und bedrückt klingen. Trotz meiner inzwischen leicht buddhistischen Attitüde und dem Fasten hoffe ich auf ein hartes Medikament, das idealerweise Gewichtsverlust als Nebenwirkung hat und mich von jetzt auf gleich glücklich macht. Und abgesehen davon muss es für Schwangere verträglich sein, falls Anja wieder in Tränen ausbrechen sollte. Das kann ich ihm natürlich nicht sagen, aber es ist auch zweitrangig. Selbst bei Nebenwirkungen – was kann schon passieren? Eine Fehlgeburt würde Anja und Paul sogar gut passen. Das Schwangerschaftsproblem wäre immerhin aus der Welt geschafft. Und viel wichtiger: Ich will das Mädchen nicht mehr so aufgelöst sehen müssen.

«Ich weiß nicht. Brauchen Sie denn etwas? Was hat mein Bruder empfohlen?», fragt der Psychiater und scheint von meiner Methode eingewickelt zu sein.

«Das müssen Sie doch wissen. Er sagte mir nur, ich solle zu Ihnen gehen und Sie wüssten schon, was dann kommt», sage ich unschuldig und zögerlich. «Sie haben doch bestimmt ... fünfzehn Jahre Erfahrung in Ihrem Beruf», schmeichle ich dem Mann, obwohl ich weiß, dass er mindestens seit zwanzig Jahren im Beruf ist.

«Hören Sie, Frau Alfons», sagt Dr. Werthers ungerührt. «Ich würde Ihnen gerne ein Antidepressivum verschreiben.»

Er erklärt mir, dass ich eine halbe Tablette täglich nehmen und Rücksprachen über den Therapeuten erfolgen sollen. Das Gespräch mit dem Psychiater kommt mir merkwürdig vor, als sei er nicht vom Fach oder hätte keine Ahnung, was er von sich gibt. Er schweift ab und erzählt von schwer Depressiven, die er in geschlossene Kliniken einweisen musste. Diesen Patienten würde neben einer hohen Dosis Antidepressiva auch Tavor verschreiben. Die Nebenwirkungen seien nicht ohne.

Anschließend ist für ihn noch von Interesse, ob ich andere Medikamente einnehme. Ich erzähle von den Tabletten für die Schilddrüse und behaupte, ich nähme jeden Tag meine 150 Mikrogramm. Da ich die Tabletten mal nehme, mal auslasse und manchmal einfach zwei davon nehme, weil man davon schlank werden soll, werde ich bei diesen Worten etwas rot.

«Aha ... Haben Sie diese Tabletten jemals aus Gewichtsgründen überdosiert?» Er senkt seinen Blick, schaut mich über die Brillengläser an und hört auf, an seinem Bart zu spielen. Doch keine nonverbale Aufforderung der Welt hilft dem armen Psychiater bei einer harten Nuss wie mich.

Ich habe mich entschieden und weiß, wie ich ihn manipulieren möchte. Ich will endlich glücklich sein, nicht mehr unter Schicksalen leiden, die mich fertig machen. Die Funkstille zu Paul, der Tod des Obdachlosen, mein Chatfreund Thilo und Anjas Leiden haben mich schlichtweg erdrückt. Wie erstickt fühle ich mich. «Nein, niemals. Das würde ich nicht tun, ich kenne doch die Risiken.» Ich denke an meinen Medikationsplan, den ich eigens für die rapide und mühelose Gewichtsabnahme aufgestellt habe.

«Aha», sagt der Psychiater. «Dann stelle ich Ihnen ein Rezept für Fluoxetin aus. Davon nehmen Sie im Vergleich zu anderen Antidepressiva nicht zu. Ich denke, eine Gewichtszunahme würde Ihnen in der Depression nicht gut tun, richtig? Fangen Sie mit zehn

Milligramm an, und wir schleichen das Medikament langsam ein. Wenn Sie die Tabletten vergessen, nehmen Sie die Tabletten nicht doppelt ein. Und halten Sie zwei Stunden Abstand zwischen den beiden Tabletten ein, am besten wäre es aber, die einen morgens, die anderen abends zu nehmen.»

«Danke. Ich bespreche alles Weitere mit meinem Psychologen», sage ich. «Soll ich bei Ihnen noch einen Termin machen?»

»Nein, nein, das ist vorerst nicht notwendig. Bei Ihrer Vorgeschichte brauchen Sie wohl auch keine Folgemedikation. Wir wollen Sie ja nicht abhängig machen, Frau Alfons.« Sein Grinsen erscheint undurchsichtig, beinahe gruselig. «Es sei denn, Sie bekommen außergewöhnliche Nebenwirkungen, dann müssen Sie mich noch einmal besuchen.»

«Außergewöhnlich? Welche Nebenwirkungen sind denn gewöhnlich?»

«Kopfschmerzen, Übelkeit, Durchfall, Erbrechen, Konzentrationsprobleme, manieartige Zustände. Nichts, was Sie beunruhigen muss.» Mensch, dieser Psychiater hat es drauf, seine kranken und möglicherweise verängstigten Patienten im Zaum zu halten. «Im schlimmsten Fall etwas Herzrasen, aber bei Ihrer geringen Dosis werden sogar die Kopfschmerzen sehr unwahrscheinlich sein. Machen Sie sich keine Sorgen, es wird Ihnen besser gehen.» Der Psychiater sieht zuversichtlich aus. «Ich gehe bei Ihnen von einer sogenannten organischen Depression aus, also nichts, was Ihrer Psyche entspringt. Ich wünsche Ihnen alles Gute.»

«Vielen Dank für Ihre Mühe und den schnellen Termin bei Ihnen», bedanke ich mich und verschwinde aus seiner Praxis. Ich habe ein Kassenrezept für Antidepressiva. Hoffentlich sind ab sofort all meine Probleme gelöst.

Ohne weitere Umwege mache ich mich auf den Weg in die nächste Einrichtung, in der sich das Medizinpersonal tummelt. Von der kleinen psychiatrischen Praxis gehe ich zum Krankenhaus, wo ich Anja besuchen möchte. Auf dem Weg dahin fliegen mir erneut die Gedanken durch den Kopf, die mich letzte Nacht vom Schlafen abgehalten haben. Ich habe an tote Menschen gedacht und daran, dass ich nirgends sicher sein kann. Jederzeit kann mich jemand überfallen.

Ich bleibe vor einer Hausecke stehen. Eigentlich müsste ich abbiegen, doch bleibe stehen. Ich sollte nicht zu dicht an einer Wand laufen. Abgesehen von Unfällen, die plötzlich durch zwei unaufmerksame Menschen geschehen, die zu nahe an Hauswänden um Ecken laufen, könnte um die nächste Ecke mein Mörder stehen. Vor meinem geistigen Auge läuft ein Film ab, in dem ein Krimineller mit einem Messer steht und auf mich wartet. Er will die erstbeste unaufmerksame Person umbringen. Es wird Geschrei geben, ein kleines Blutbad und schon ist der böse Mensch reicher. Er hat mein Portemonnaie, mein Handy und ein Kassenrezept für Antidepressiva. Das ist die perfekte Beute für einen Überfall. Das Handy wird ihm schnell verraten, dass mich nur wenige Leute vermissen werden, was sein Gewissen beruhigen wird. Ist das so, dass der Tod von Menschen, die nicht vermisst werden, nicht so schlimm wie der Tod von beliebten Menschen ist?

Ich glaube, dieser absurde Gedanke ist wahr. So war es bei Michael Jackson, Amy Winehouse oder Prince – die Medien trauern und jeder outet sich plötzlich als riesiger Fan. Der tödliche Unfalls vom Opa des Nachbarn in der dritten Straße neben der eigenen Oma erweckt weniger Aufsehen. Er ist nicht berühmt, also trendet es nicht, um die unbekannte Person zu trauern. Der Wert eines Menschen besteht also aus der Anzahl und Qualität der Fans oder Freunde. Wie wichtig sind meine Reichweite bei Facebook und die durchschnittlichen Nachrichten pro Tag für die Tragik meines Ablebens? Ich schüttele den Kopf und nehme meinen Mut zusammen und biege um die Ecke.

Durchatmen. Ich bin nicht erstochen worden. Erleichtert gehe ich weiter und versuche, die Gedanken abzuschütteln. Der MP3-Player ist seit meiner Schilddrüsen-Diagnose noch immer nicht geladen, sodass es mir leider nicht gelingt, meine Gedankenwelt stummzuschalten.

Je weiter ich laufe, desto lauter werden meine Überlegungen. Ich kann mich nicht vor den Szenarien verstecken, die sich mein Gehirn zurechtbastelt. Horror-Vorstellungen ploppen in meinem Kopf auf und erschrecken mich zu Tode. Mörder, Blut, ein abgestochener Obdachloser ... Ich glaube, ich werde wahnsinnig.

Selbst als ich in der Apotheke kurz mit der Dame hinter der Theke geplaudert habe, komme ich nicht auf andere Gedanken. Es gelingt mir nicht einmal, oberflächlich über die Apothekerin zu urteilen, weil mein Kopf so sehr im Aufruhr ist. Ich habe nicht einmal auf ihr Namensschild geschaut. Das tue ich, seit ich den Termin beim Psychiater gemacht habe, sehr gerne. Zumindest habe ich mir vorgenommen, das häufiger zu machen, um diese kuriosen Namensdopplungen zu beobachten.

Endlich sehe ich das Krankenhaus. Gleich würde ich am Ziel sein und Anja begegnen. Ich reibe meine eisigen Hände aneinander und frage mich, ob ich paranoid bin. Gleichzeitig freue ich mich, dass die Grübeleien über Todesursachen, Namensdopplungen und das Verhältnis von Beliebtheit zu Trauer ein Ende finden. Jetzt denke ich an Anja.

Die Wände der Klinik sind grün und erinnern mich an die Wände der Arztpraxis, wo ich vor etwa einem Monat neue Diagnosen in meine Sammlung aufnehmen konnte. All die gehetzten Ärzte auf dem Flur, die schwer beschäftigten Schwestern und der Geruch von Sterilität vermitteln ein typisches Krankenhausgefühl, das mir Unbehagen bereitet. Ich glaube, ich hasse Krankenhäuser. Habe mich damit bisher aber nicht befasst und diesen Satz nur von anderen gehört.

Ich versuche, den beschäftigten Menschen auszuweichen, um niemandem im Weg zu stehen, begebe mich an die Rezeption, wo mich eine Schwester gekonnt ignoriert. Vermutlich haben sie viel zu tun. Ich kann mir gar nicht vorstellen, wie es ist, in einem Krankenhaus zu arbeiten. Aber die Vorstellung, eine Klinik zu bauen, Ärzte, Chirurgen und Schwestern einzustellen, um darauf zu warten, dass Patienten mit ihren Leiden eingeliefert werden oder sich selbst einliefern, ist noch unvorstellbarer. Wie funktioniert dieses Konstrukt? Wie stellt man sicher, dass alle Patienten behandelt werden und dass zeitgleich keine Leerläufe für die Angestellten entstehen? Die Leute haben doch nicht in regelmäßigen Abständen Unfälle und Krankheiten, sodass alle drei Stunden ein neuer Patient kommt.

Das Leben ist so furchtbar unberechenbar. Wenn ein Arzt morgens zur Arbeit geht, weiß er nicht, wie viele Notfälle er behandeln muss. Wie viele abgetrennte Körperteile angenäht, wie viele missbrauchte Frauen versorgt und wie viele Schwangere entbunden werden müssen, das kann niemand am Anfang eines Tages sagen. Dass jeden Tag so viele Menschen hier sind, dass diese Mitarbeiter jeden Tag arbeiten können und dazu auch noch Nachtschichten einlegen müssen, kommt mir merkwürdig vor.

Eigentlich faszinierend. Ich fühle mich wie damals, als ich nicht wusste, dass mehrere Tausend Menschen in einem kleinen Dorf wohnen können. Als Kind dachte ich, dass auf einem Dorf vielleicht fünfzig, maximal hundert Menschen leben. Mehr Namen konnte ich mir schließlich nicht merken. Kaum vorstellbar, dass in der Stadt, in der ich wohne, über zehntausend, gar hunderttausend andere Menschen wohnen. Wie viele davon wohl jeden Tag krank sind? Wie viele Unfälle wohl gebaut werden? Ich frage mich, wie hoch die Wahrscheinlichkeit ist, dass meine direkten Nachbarn ins Krankenhaus eingeliefert werden.

Eine Schwester sagt mir, wo ich Anja finden kann, und ich laufe gedankenverloren leere Gänge entlang, betrete und verlasse einen Fahrstuhl und stehe bald vor Zimmer 401, Station B.

Als ich Anjas Zimmer betrete, frage ich mich, wer hier gelegen hätte, wäre nicht das mit dem Obdachlosen passiert. Oder wenn Paul sich Silvester an mich gehalten und nicht mit Anja im Bett gelandet wäre. In meinem Herz zieht es und ich habe das Gefühl, ein wenig eifersüchtig zu sein. Sofort schüttele ich den Gedanken weg. Ich bin ein Idiot. Wer um Himmels willen würde jemals mit einer ungewollt Schwangeren tauschen wollen, die vor kurzem ohnmächtig geworden ist?

Anjas Zimmer hat einen Tisch mit zwei Stühlen, zwei Krankenhausbetten, wovon eines leer ist und einen sehr hässlichen Vorhang vor den großen Fenstern. Bestimmt kann man die Fenster nicht vollständig öffnen, damit man sich nach dem Anblick des winzig kleinen Röhrenfernsehers, der unter der Decke klebt, nicht aus dem Fenster stürzt. Ob jemals jemand auf dem hässlichen Teil staubgewischt hat?

Es gibt keine persönlichen oder gemütlichen Gegenstände, die die Langeweile für die Patienten erträglicher machen können. Die Innenarchitekten haben sich redliche Mühe gegeben, die Patienten nicht willkommen zu heißen. Vielleicht, damit sie so schnell wie möglich wieder gehen und Platz für den Nächsten machen. Mal im Ernst, wieso gibt es nicht einmal ein schönes Bild an der Wand? Und wenn es nur ein Klischee-Sonnenuntergang als billiger Foto-Print wäre ... Müsste ich hier mehr als zwei Stunden verbringen und die hässliche Wand anstarren, würde ich verrückt!

«Wie geht es dir?», frage ich, ohne ein Wort an üblichen Begrüßungsfloskeln zu verschwenden. Ich möchte nur wissen, was hier vor sich geht und wie ich endlich wieder nützlich sein kann.

«Mir geht es eigentlich ganz gut, na ja, den Umständen entsprechend.» Anja begrüßt mich mit müden, geschwollenen Augen.

«Was genau hast du denn? Kann ich dir irgendwie helfen? Ich weiß gar nicht, was genau los ist und warum du eigentlich hier liegst.»

Anja winkt ab, wirkt etwas stärker. «Mein Körper ist etwas unterernährt, ich bin wahrscheinlich für eine Schwangerschaft zu schwach.» Sie lässt es klingen, als wäre es keine schlechte Nachricht, sondern ein beiläufiger Fakt. «Beziehungsweise hätte ich mich vernünftig ernähren sollen. Darauf muss ich jetzt achten.»

«Du bist unterernährt? Aber du bist so hübsch und schlank. Ich würde dich als top-gesund einordnen, wenn ich das so direkt sagen darf», stammele ich etwas verzweifelt, da ich nicht verstehen kann, wie jemand, der dem Schönheitsideal meiner Welt so nahe ist, unterernährt sein kann. Anja ist sicherlich keines dieser krankhaft magersüchtigen Models aus den Hochglanzzeitschriften, aber in meinen Augen ist sie das, was ich unter wirklicher Schönheit verstehe. Und ich würde an ihrem Körper kein Gramm verändern. «Seit wann hast du nichts gegessen? Oder eher: was macht deine Ernährung denn unvernünftig?»

Anja erklärt mir, dass sie zu wenig Gewicht für eine Schwangerschaft hat und nicht ausreichend isst. Für ein Kind brauche man verschiedene Vitamine und Mineralien – und so weiter. Den Medizinquatsch kann ich mir nicht merken und das merkt Anja auch. Also fasst sie zusammen, dass sie eine überaktive Schilddrüse hat. Ach was! Sie hat sozusagen das Gegenteil meiner Schilddrüsenerkrankung und ist daher gesundheitlich dazu gezwungen, viel zu essen und dabei verdammt gut auszusehen. Das ist für Schwangere und ihr Kind nicht so toll, aber für jemanden wie mich wäre ihre Krankheit super. Im Gegenzug würde ich ohne Zögern meine faule, fette Schilddrüse abgeben. Dann hätte auch das Kind genug Masse, um sich zu nähren und zu wachsen.

Anja streicht ihren flachen Bauch, als könnte sie bereits die Bewegung eines Kindes fühlen. Sie lächelt, wie werdende Mütter im Film das nun mal so tun. Ich frage mich, ob sie das Kind jetzt akzeptiert hat und wie es genau weitergehen soll. Vielleicht bekommt sie auch Schmerztabletten oder durch die Infusion, die an sie angeschlossen ist, wird ihr ein Muntermacher eingeflößt.

«Du siehst so glücklich aus, wie kann das sein? Ist alles wieder gut? Ich dachte, du hättest einen richtigen Nervenzusammenbruch gehabt.» Ich kann verstehen, wie der Zusammenbruch zustande gekommen ist, vor allem durch Schwangerschaft, Verzweiflung und einen überaktiven Stoffwechsel durch eine kranke Schilddrüse. Aber wieso es Anja plötzlich wieder so gut geht und sie so selig aussieht und eine innere Ruhe ausstrahlt, ist mir ein Rätsel. Mein Neid steigt ins Unermessliche. Ich will so sein wie du, Anja.

«Hat irgendwas mit meiner Schilddrüse zu tun. Ich hatte Herzrasen und dachte, ich kriege keine Luft mehr und ersticke», erklärt Anja. «Die Ärzte wollen, dass ich Ruhe bewahre, sie wollen mich eine kurze Zeit beobachten und bald kann ich wieder raus. Da muss ein Blutwert in Ordnung kommen, fängt mit T an, ist mir aber eigentlich egal. Ich glaube, dass alles seinen Weg findet und dass alles gut wird.»

Aha. Mein Mediziner-Wissen erstreckt sich so weit, dass ich jetzt weiß, dass Anjas TSH-Wert zu niedrig ist. Denn meiner ist zu hoch. Aber damit will ich Anja nicht langweilen.

Sie greift nach meiner Hand und sieht mir in die Augen. «Auch für dich wird alles besser, Fiona. Ich war verzweifelt und du hast mir geholfen, auch wenn nicht alles so gelaufen ist, wie es sollte.» Einfühlsam schmiegt sich ihre weiche Stimme an mein Ohr. «Mein aufrichtiges Beileid zu deinem Verlust, Süße. Ich bin für dich da, wenn du mich brauchst.»

Verlegen ziehe ich meine Hand weg. Scheinbar ohne Grund fühle ich mich nervös. Habe ich mit der Beschreibung meines obdachlosen Freundes übertrieben? Enge Freunde waren wir nicht, ich möchte nicht bemitleidet werden. Also wechsele ich das Thema, um nicht mehr im Mittelpunkt zu stehen. Das wäre unangemessen, wenn sich Anja im Krankenbett vor mir um meine Angelegenheiten kümmert und sich um mich sorgt. Immerhin besuche ich sie hier und nicht sie mich. Ich will für sie da sein und etwas Sinnvolles von mir geben. Gleichzeitig möchte ich nach Hause fahren und mich vor der Welt verstecken. Ich hätte eine richtige Sitzung beim Psychiater nötig gehabt. So mit richtigem Aussprechen der ehrlichen Gedanken und so. Ich merke, dass ich Hilfe brauchen könnte. Das schüttele ich aber sofort wieder von mir, weil ich sicher auch alleine klarkomme. Die Widersprüche in meinem Kopf beginnen, nervig zu werden.

«Hat sich Paul gemeldet?» Toll, Fiona. Dir fällt nichts Neues mehr ein. Hoffentlich verletze ich sie nicht damit, sie an den Vater ihres ungeborenen und unerwünschten Kindes zu erinnern.

«Nein, wie denn? Ich bin doch erst seit gestern hier. Warum bist du eigentlich erst jetzt gekommen? Ich hätte mich wirklich sehr gefreut, wenn du früher reingeschaut hättest. Du warst doch dabei, als –» Anja schweigt abrupt und straft mich mit einem vorwurfsvollen Blick.

«Gestern wollte mich hier niemand rein lassen. Man hat mir gesagt, dass du Ruhe brauchst», lüge ich.

«Ach so, das ist verständlich. Ich habe die letzte Nacht unglaublich viel geschlafen. So viel Schlaf habe ich im gesamten Jahr noch nicht zusammengekriegt.»

Anja spricht ruhig und gelassen. Ich komme mit meiner kleinen Notlüge durch. In Wirklichkeit brauchte ich Zeit. Hatte keine Lust mehr, das Haus zu verlassen, nachdem an einem Tag so viel geschehen ist. Auch für eine Powerfrau wie mich ist ein Tag irgendwann zu Ende. Wie wohl auch für Anja. Das Mädchen hat viel auf der Seele und gestern ebenfalls viel durchgemacht. Kurzerhand entscheide ich, dass ich jetzt sofort die Antidepressiva mit Anja teilen sollte.

Ich habe Verständnis für sie. «Das glaube ich dir, mein Schlaf kommt auch etwas zu kurz in letzter Zeit. Uns geht es da also ähnlich. Ich war gestern noch bei meinem Psychiater.»

«Du hast einen Psychiater? Das wusste ich noch gar nicht. Geht's dir gut? Also, offensichtlich nicht. entschuldige, ich bin eine dumme Kuh. Wenn du etwas erzählen möchtest, dann höre ich dir gerne zu.» Klasse. Jetzt hat Anja noch mehr Mitleid mit mir und glaubt, sie müsse sich um mich kümmern und nicht umgekehrt.

Unsicher erwidere ich: «Na ja, ich brauche eigentlich gar keinen Psychiater», und ertappe mich selbst beim Unsicherwerden, weil ich nicht weiß, ob ich lüge oder nicht. Ich ergänze also irgendeinen Schwachsinn, um zusammenhängende Sätze zu bilden, die Sinn ergeben. «Mein Psychotherapeut möchte, dass ich ein Medikament gegen eine bipolare Störung nehme, weil er glaubt, dass ich manchmal zu glücklich bin. Aber gerade sehen weder du noch ich so wirklich glücklich aus. Daher habe ich uns etwas besorgt. Er ist also so etwas wie mein Dealer.»

Ich hole das knisternde Tabletten-Blister hervor, in dem sich die Pillen zum Glück befinden. Ich wiege das Antidepressivum selbstsicher in meiner Hand. Plopp. Ich mag das Geräusch der aufploppenden Alufolie vor den Kammern. Es ist wie die Luftpolsterfolie, nur ... nicht ganz so befriedigend.

Ich schlucke die Tablette und stelle die Wasserflasche aus meiner Tasche auf das Tischchen neben dem Bett. Beiläufig erwähne ich, dass ich Anja auch eine Pille anbieten würde. Dann würden wir beide glücklicher werden, so meine Begründung.

Anja äußert, dass sie sich nicht vorstellen kann, durch eine Tablette plötzlich glücklich zu werden. Auch hat sie Zweifel daran, ob sie die Tabletten braucht. Ich lasse die sorglose Fiona raushängen und erwähne beiläufig, dass ich einige Krankheiten und daher Erfahrung mit verschiedenen Medikamenten habe. So ganz stimmt das nicht: Mein Körper ist mit Krankheiten übersät, aber ich habe bisher nie Medikamente eingenommen. Nicht für jedes Leiden gibt es eine Pille, aber für jede Pille gibt es Leiden. So funktioniert die Pharmaindustrie, und leider auch das ganze Leben.

Wenn mich nicht alles täuscht, hat die Tablette auf der Zunge minzig geschmeckt. Das fände ich witzig, weil es unnötig ist, einer Tablette, die nur geschluckt werden soll, einen Geschmack zu geben.

«Ich glaube, ich möchte es ausprobieren», gibt Anja kleinlaut zu. «Ich kann mir einfach nicht vorstellen, wie dieses Ding wirken soll. Mein Leben liegt doch trotzdem noch in Scherben vor mir, auch wenn ich die

Tablette nehme. Aber probieren kann man's ja mal.»

Ich reiche ihr eine Tablette und sehe zu, wie sie das Antidepressivum mit meinem Wasser hinunterspült. Minutenlang tut sich nichts.

«Fiona, tust du mir einen Gefallen?»

«Natürlich, was kann ich für dich tun?»

«Ich glaube, dass es gut wäre, mal mit Paul zu sprechen.» Anja scheint sich unwohl zu fühlen, mich um ein Treffen mit Paul zu bitten. «Ich meine damit, dass wir alle mal sprechen. Du könntest sozusagen der Mentor sein.»

«Ach, der Mediator sozusagen?», korrigiere ich die unschuldige Kranke. «Ich glaube, es könnte mir sowieso guttun, Paul mal einen kleinen Besuch abzustatten. Soll ich ihn ins Krankenhaus bitten?»

«Nein, ich werde spätestens übermorgen entlassen. Es ist ja alles in Ordnung, mir geht es gut. Ich glaube, dass diese Infusion nur noch zur Dekoration hier ist.» Sie deutet auf ihre Hand, aus der ein Schlauch herausguckt und grinst.

Paul geht nicht ans Handy. Die Tablette wirkt nicht. Ich könnte Paul in seiner Villa besuchen, aber ich fühle mich machtlos.

Der Drang, mit jemandem über den Tod des Obdachlosen zu sprechen, wird immer größer, sodass ich meine Mutter anrufe. Doch die ist ebenfalls nicht erreichbar. Thilo ist offline. Mein Schreibtischstuhl knarzt unerträglich und ich verbringe den Abend vor dem Computer. Erst vor zwei Stunden war ich noch im Krankenhaus und habe Antidepressiva mit Anja genommen, leider ohne Erfolg. Eine E-Mail flattert in meinen Posteingang, mein Computer kündigt sie mit einem Geräusch an, das mich meist nur auf überflüssigen Spam im Postfach aufmerksam macht.

Meine Mutter schreibt, sie sei kurzfristig mit meinem Bruder nach Berlin geflogen. Dort würden sie die Verlobung von ihm und seiner Freundin Anastasia feiern. Sie bedauert es, dass ich nicht mitkommen kann, aber die ganze Sache sei spontan und nicht auf ihrem Mist gewachsen. Will mein Bruder mich nicht dabei haben? Was habe ich meiner Familie angetan, dass ich so übergangen werde?

Jetzt fühle mich mehr als verlassen. Wertlos und nutzlos wie ich bin, drohe ich, in depressiven Gedanken zu versinken. Schnell greife ich zu einem Mix aus Thyroxin und Antidepressivum und entscheide mich, den restlichen Abend in Online-Shops zu verbringen.

Ich versuche, meine Gedanken abzulenken, und lege fiktive Dinge in einen fiktiven Warenkorb. Die Träume davon, sich dieses und jenes leisten zu können, werden von den Albträumen abgelöst, niemals in dieses und jenes hineinzupassen. Hysterie steigt in mir hoch, da weder mein Körper in die teuren Kleider, die ich mir wünschen würde, passen kann, noch mein Charakter in meine Familie. Ich passe nirgends rein. Ecke überall an. Hasse mich selbst.

Bevor ich in Panik ausbrechen kann, vergrabe ich mich im Bett. Morgen wird ein besserer Tag.

Der Wecker reißt mich aus meinen Träumen und das Piepen sorgt sofort dafür, dass ich sie alle wieder vergesse. Zweimal rumwälzen, ein bisschen Murren und das Mistding erst nach einigen Minuten erschlagen – das ist seit Jahren meine Patentmethode, um wach zu werden und bloß nicht weiterzuschlafen. Kaum ist der Wecker aus, merke ich an meiner Nasenspitze, wie kalt es in meiner Wohnung ist und wie ungern ich aufstehen möchte. Ich entscheide mich, die Arbeit einfach mal sausen zu lassen und mich im Bett zu vergraben. Von Müdigkeit erschlagen drehe ich mich um und schlafe wieder ein.

Ein paar Stunden später schleppen mich meine müden Beine in den Supermarkt die Straße runter. Auf dem Rückweg nehme ich für die eine Haltestelle den Bus, auch wenn ich länger auf ihn gewartet habe, als ich hätte laufen müssen. Aber mein Einkaufsrucksack ist schwer, auf dem Speiseplan steht heute alles, worauf ich die jemals Lust hatte. Und Bier. Viel Bier.

Zu Hause angekommen stürze ich mich auf meine Einkäufe. Ich habe mir Kuchen verdient und vergreife mich an schokolierten Mini-Küchlein. Mein Magen beginnt erst nach dem dritten Snack, zu knurren und wach zu werden. Mein Körper verlangt nach Input, nach Fett und Zucker. Wie lange habe ich mich nur von Luft, Liebe und Tee ernährt?

Manchmal braucht auch der diszipliniertest Mensch ein kleines bisschen Luxus. Und der ist jetzt auf meinem Schreibtisch ausgebreitet.

Mit den Füßen auf dem Tisch und zwei Chipstüten auf dem Schoß sehe ich mir eine Serie an. Es hat zwar nur mit einer Folge angefangen, aber es tut so gut, sich in fremde Welten zu verkriechen. Ich wünsche mir die Protagonisten als Freunde, hasse die Antagonisten und fiebere mit der Handlung. Und doch ist es egal, welche Serie ich schaue, weil sie alle nach den gleichen Prinzipien funktionieren. Und meine Zeit verschwenden. Ich fühle mich schlecht und gleichzeitig gut, nehme die Unterhaltung an und freue mich, dass die Zeit so schnell vergeht.

Das kühle Bier tröstet meine Seele. Es ist ein bisschen wie damals, als man als Kind am Wochenende um sieben Uhr morgens aufstehen musste, um beim Essen der Cornflakes seine Cartoons im Fernsehen sehen zu können. Bei dem Gedanken pausiere ich die Folge, die ich fast schon zu zwei Dritteln gesehen habe, und hole mir eine Schale Cornflakes. Wenn ich esse, ist mir nicht schlecht. Ich schwebe in einem Gefühl der Freiheit, beinahe bin ich sorglos. Mir ist nicht schwindelig, nicht schlecht und ich bin nicht am Boden zerstört. Das ist mein kleiner Urlaub. Die Schale ersetze ich durch einen Suppenteller, der kleine Löffel wird rasch durch den großen ausgetauscht. Wozu sollte ich zum Nachfüllen vom Schreibtisch aufstehen?

So kann es mir wirklich gut gehen. Serien schauen, die Arbeit schwänzen und mal nicht an Anja, Thilo, Oscar oder Paul denken. Auch nicht an Wolfgang und das ominöse Kind, das er scheinbar hat und von dem er sich freigekauft hat. Ich bin gespannt, was er dazu sagen würde, würde ich ihn darauf ansprechen. Vielleicht hat Anja auch gelogen. Aber in diesem Moment gibt es nur mich, meinen Computer und jede Menge Essen. Bis die Sonne aufgeht.

Es ist kurz vor neun, da habe ich fast alles gegessen und getrunken, was ich eingekauft und in meinen Vorratsschränken gefunden habe. Die Tüte mit den Gaben für meinen obdachlosen Freund hat längst an Volumen verloren und ist neben den Mülleimer gewandert. Als ich merke, dass es mir unwichtig ist, ob die Verpackungen auf dem Boden oder im Eimer landen, schaue ich auf mein Smartphone, um nachzusehen, ob mich jemand vermisst. Doch das Gerät schweigt, sodass ich mir ein weiteres Bier aufmache. Das Bier hat mich sicher schon vermisst.

Ich muss zum Arzt gehen und krank spielen, um für die Arbeit ein Attest zu bekommen, verschiebe das aber kurzerhand auf morgen. Alles kann warten. Ich muss mich zuerst um mich kümmern. Und um die Figuren der Geschichte, der ich nun schon seit Stunden folge.

Ich logge mich kurz ein, um zu bemerken, dass Thilo noch immer offline ist. Auch Paul reagiert wieder nicht auf einen Anrufversuch.

Leider will nun auch mein Magen nichts mehr, er ist bis oben hin gefüllt und ich fühle mich plötzlich schlecht. All die Disziplin kann doch nicht hinüber sein, nur weil ich ein einziges Mal ausschließlich an mich denken möchte.

Ich schleppe mich ins Bad, steige auf die Waage und stoße einen spitzen Schrei aus. Ich habe mehr Gewicht, als ich vor Silvester hatte! Kann ich denn durch meine sportliche Heilfastenkur zugenommen haben? Ich ziehe mich aus, denn wie jeder weiß, wiegt Kleidung auch eine Menge. Also stehe ich nackt auf der verhassten Waage. Und um das digital angezeigte Urteil erkennen zu können, muss ich auch meinen verhassten Körper im Blickfeld haben.

Erschüttert steige ich von der Waage und weiß: Nichts kann mir mehr helfen. Alles, was ich in diesem Monat gemacht habe, war für die Katz. Sport und Diät führen nicht zu Gewichtsverlust. Es ist eine Lüge. Ich nehme eine Tablette der Antidepressiva und spüle sie mit dem Rest Bier runter, das ich vor einer halben Stunde neben der Tastatur vergessen habe. Diese Mist-Dinger wirken sowieso nicht. Eigentlich kann ich sie auch gleich ins Klo werfen. Spenden und Gespräche mit einem Obdachlosen bereichern nicht die Gesellschaft und das eigene Herz. Im Gegenteil, man bindet sich an jemanden, der plötzlich stirbt und weg ist. Man kann nicht einmal der Polizei eine Hilfe sein, weil man nicht genug weiß.

Der beste Freund, mit dem man sich schon beinahe eine romantische Beziehung vorstellen konnte, scheint wie vom Erdboden verschluckt und schickt ein zerbrochenes Mädchen zu mir. Ich könnte ihr eine gute Freundin sein und von diesem Monat sagen, dass ich endlich eine nette Person in der Stadt gefunden habe, aber ihr kann ich keinen einzigen Wunsch erfüllen, ohne gleich Katastrophen loszubrechen. Ich fühle mich verantwortlich. Eine zweite Tablette findet ihren Weg in meinen Magen, wo sie es sich mit dem Rest des Bieres gemütlich machen muss. Das nächste Bier wird gekippt, da mein Mund unheimlich trocken ist.

Ich schwanke wieder ins Badezimmer. Vor dem Spiegel angekommen sehe ich, dass ich ein bisschen betrunken sein muss. Dabei hat mein Vater früher immer gesagt, man solle kein Bier vor vier Uhr trinken. Aber vor vier ist doch nach vier, wenn jeder Tag vierundzwanzig Stunden hat und sich alles wiederholt.

Ich setze mich auf den Klodeckel, weil mir schwindelig ist. Sitzen tut gut. Hier könnte ich etwas auskotzen. Zum Glück ist mir nicht schlecht. Ich hasse Kotzen.

Alles wiederholt sich. Menschen werden obdachlos, sie versagen und werden allein gelassen, immer und immer wieder, so lange, bis sie die Welt hinter sich lassen. Ob sie zu Gott kommen, obwohl sie keinen Pass haben? Weiß dieser ach-so-allmächtige Herr, wer jemand ist, ohne dass er es beweisen kann? Ich glaube nicht, dass die Bibel sich darüber Gedanken gemacht hat. Gleichzeitig merke ich, wie sinnlos meine Gedanken sind, stehe auf und merke, dass mir doch sehr schlecht ist.

Ein Wall guter Laune steigt in mir hoch und gibt mir neue Energie. Ich weiß nicht, woher das kommt, aber ich nehme es an. Energiegeladen schreite ich zu meinem Schreibtisch. Dort setze ich mich wie so oft auf den Stuhl und starre auf den Bildschirm. Die Serie wird mir zu viel, also öffne ich die Startseite der Suchmaschine. Ich recherchiere konzentriert nach Methoden, wie man abnehmen kann. Darüber hinaus komme ich zu Hilfe- und Gesundheitsseiten, die mir verraten, wie man ein kaputtes Knie durch gezielte Übungen wieder geschmeidig und funktionsfähig bekommt.

Ich lese auch, was bei Depressionen hilft und wie man sie bewältigen kann. Ich brauche Bewegung, Yoga, Gymnastik und ein gutes Hobby, das mich glücklich macht. Joggen hilft dem Knie und unterstützt auch einen flacheren Bauch. Gegen das Asthma verschreibe ich mir selbst Dampfbäder, für die Gelenke werde ich davor schwimmen gehen. In einem Schwimmbad in meiner Umgebung kann ich mir jeden Freitag nach dem Schwimmen Zeit in der Sauna und im Dampfbad gönnen.

Dafür brauche ich allerdings ein stärkeres Selbstbewusstsein, weshalb mich meine Recherchen tiefer in Selbsthilfeforen führen. Ich kann die geöffneten Tabs kaum noch zählen, auch werden die leeren Bierdosen unter meinem Schreibtisch immer mehr.

Die Sonne dämmert schon wieder, da gestalte ich die letzten Schliffe an meinem Stundenplan in DIN-A3-Format. Ich sitze auf dem Boden und habe die letzten Stunden damit verbracht, mir einen minutengenauen Plan zu machen. An welchen Tagen der Woche ich was machen werde, um endlich mit voller Disziplin alles zu erreichen, was ich will. Die neue Fiona wird staunen, wenn sie das alles machen darf. Plötzlich sehe ich den Plan vor mir aus den Augen der alten Fiona und bemerke einen Kloß im Hals. Ich fühle mich wieder allein und demotiviert, von der einen auf die andere Sekunde.

Das kann man nicht schaffen. Was ist, wenn mein Chef mich am Montag eine halbe Stunde länger im Büro haben möchte? Dann kann ich den Bus nicht pünktlich kriegen und ins Fitnessstudio fahren. Der gesamte Plan verschiebt sich, sodass ich es nicht mehr schaffe, eine Stunde am Abend für die Abschlussprüfung zu lernen. Und das ist dringend nötig. Auch kann ich nicht zur Blutentnahme in sechs Wochen, weil die vormittags auf nüchternen Magen stattfinden muss. Dann würde ich einige Stunden später zur Arbeit kommen, wohl auch länger bleiben müssen. Und was ist mit Anja? Wenn Anja plötzlich ein Gespräch braucht, wann habe ich Zeit für Besuch?

Verzweifelt suche ich auf meinem Zeitplan ein Loch für Soziales, aber ich habe alles verplant.

Ich setze mich wieder an den Schreibtisch. So wird das alles nichts. Ich will alles auf einmal, aber es kann so nicht klappen, davon bin ich fest überzeugt.

Die neue Fiona ist längst gestorben und jetzt sitze ich hier, die alte Fiona, mit einem prallen Bauch voller Bier und Müll. Was tue ich meinem Körper an? Was tue ich meiner Seele an?

Die Verzweiflung packt mich und ich schütte noch drei weitere Antidepressiva in mich hinein. Mein Weg führt mich zum Bett, wo ich still liegen werde, bis ich mich besser fühle. Die Antidepressiva werden mich aufscheuchen, die neue Fiona wecken und die alte verbannen. Steif wie ein Brett starre ich an die Decke und warte darauf, dass endlich etwas passiert. Doch es laufen nur Tränen meine Wangen runter und kitzeln nervig an den Ohren. Ich schniefe nicht, schluchze nicht. Ich weine einfach nur, weil klar ist, dass ich versagt habe. Das neue Jahr ist zu einem Zwölftel um und ich habe versagt. Ich muss auf das nächste Jahr warten. Oder eher auf das nächste Leben, in dem ich nicht als Versagerin geboren werde.

Ich rolle mich auf die Seite und mein T-Shirt schiebt sich nach oben. Lege ich mein Kinn auf die Brust, so sehe ich, wie ein Stück Speck aus meiner Kleidung herausragt, und ich hasse es abgrundtief. Ich hasse es mehr, als ich jemals etwas oder jemanden gehasst habe und will mit meiner Bastelschere darauf einstechen. Aber das würde nichts bringen. Nichts bringt irgendwas. Ich kauere mich zusammen, so weit es mein Körperfett zulässt. Früher konnte ich das besser. Früher war ich nicht so verabscheuungswürdig. Ich kann die Tränen nicht zurückhalten und beginne heftig zu weinen.

Ich kann nicht mehr liegen. Mein Bett ist zwar gemütlich, aber meine Gliedmaßen strecken sich, ohne dass mein Gehirn einen Befehl dazu erteilt hat. Arme und Beine wollen bewegt werden, meine Lunge will frische Luft. Ich kann nicht sagen, ob die Antidepressiva, das Bier oder die Schilddrüsentabletten mich dazu bringen. Aber mein Körper will bewegt werden.

Dieses Gefühl hatte ich lange nicht mehr. Bewegung ist inzwischen bloß eine notwendige Pflicht. Leider noch immer keine Gewohnheit, wie ich es mir antrainieren wollte. Aber plötzlich bebt in mir der Drang nach Aktivität, und zwar auf eine natürliche Art. Kein Auspowern, kein Trainieren und keine Pflicht. Nur Tatendrang steigt in mir hoch. Doch was soll ich tun?

Entweder statte ich Paul jetzt einen Besuch ab und stelle alles klar, was klargestellt werden muss, oder ich bringe mich um. Mir scheint nichts anderes mehr sinnvoll zu sein. Als Versager auf ganzer Länge bleibt einem wohl auch nichts Anderes übrig. Aber irgendwas muss ich tun, ich kann nicht tatenlos rumliegen und vor mich hin leiden. Mit Leiden ist jetzt Schluss. Ein für alle Mal!

Tatsächlich bevorzuge ich das unangenehme Gespräch mit Paul. Alles ist besser, als sich das Leben zu nehmen, das sagen zumindest die Antidepressiva aus meinem Magen. Die schwimmen in einem Biersee, umgeben von zerkautem Süßkram.

Mit einem Knarren entlässt mich mein Bett und scheint erleichtert, dass ich mich endlich von ihm runterrolle. Auch ich bin erleichtert, das Bett nicht mehr vollheulen zu müssen und stattdessen etwas Energie genießen zu können.

Auch wenn meine Brust meine Lunge wie ein zu eng geschnürtes Paket einengt, laufe ich zur Bushaltestelle. Schnell bin ich dabei nicht und nach einigen Metern muss ich eine Pause machen, weil mein Puls unangenehm hoch ist. Ich kann kaum atmen, da sehe ich den anfahrenden Bus, nehme all meine Kraft zusammen und sprinte die letzten Meter, um kurze Zeit darauf atemlos in den abgenutzten, ekeligen Sitz an der Fensterfront zu fallen.

Habe ich geatmet, als ich gerannt bin? Oder die Luft angehalten? Wie auch immer ich es geschafft habe, den Bus zu erreichen, die Medis müssen mir diese Kraft verliehen haben. Aus eigener Kraft hätte ich das nie geschafft. Zugegebenermaßen steckt für solch eine Leistung noch zu viel der alten Fiona in mir.

Ich glaube, dass mein Körper die alte Fiona und mein Inneres die neue Fiona ist. Färbt die Hülle auf das Innere ab, so hat man ein depressives, frustfressendes Monster, das im Bett versauern will. Ich hasse und liebe mich zur gleichen Zeit für diese Erkenntnis. Dieses Gefühl, Verständnis für sich selbst zu haben, muss ich mir merken.

Auch nach sechs Haltestellen hat sich mein Herz nicht beruhigt. Unter regelrechtem Herzrasen schleppe ich mich eine halbe Stunde später den Bürgersteig entlang. Der kühle Wind pustet die letzten Promille aus meinem Gehirn, sodass ich klar denken kann. Zumindest ist der Gedanke daran, klar denken zu können, ein sehr klarer Gedanke.

Das Atmen fällt mir so schwer, dass ich das Tempo einer Oma mit Rollator annehme und die Zeit nutze, nach links und rechts Ausschau zu halten. Ich bin eine 24-jährige Kaffeefahrt auf zwei Beinen. Auf der linken Seite sehe ich eine seelenlose, ruhige Straße. Der Himmel sieht zwischen den fast schwarzen Wolken unschuldig hellblau aus. Ist das die Ruhe vor dem Sturm? Vor der Villa Fiedler haben sich einige mutige Schneeglöckchen aus dem Tauschnee gebohrt. Hübsch.

Mit dem Gefühl, wie ein aufgepusteter Ballon bis zum Maximum gefüllt und gespannt zu sein, klingele ich an der Tür und erwarte, dass Paul oder Wolfgang öffnen. Würden seine Eltern die Tür aufmachen, könnte ich einfach durchgehen und Paul in seinem Zimmer überraschen. Ihn einfach mit allem überfluten, was auf meinem Herzen lastet.

So ganz genau weiß ich noch nicht, was ich Paul sagen will. Auf jeden Fall, dass ich mich schon irgendwie einsam oder eher verlassen fühle. Dass ich ihn brauche, dass wir so gute Freunde waren und plötzlich alles anders scheint. Und womöglich auch, dass ich mir Sorgen um ihn mache.

Tief in mir drin freue ich mich auf die konfliktreiche Begegnung. Mein bester Freund wird sich in aller Gewohnheit verteidigen, wenn ich ihn auf die schwangere Anja anspreche. Sein zwielichtes Angebot, sich von der Vaterverantwortung freizukaufen, wird er sicherlich gut begründen. Aber Paul wäre nicht Paul, wenn er in Diskussionen nicht früher oder später nachgeben würde.

Ich will nichts Anderes mehr, als ihm meine wohlgemerkt verschiedenen Meinungen zu mehreren Punkten zu sagen, ihn erpresserisch auszufragen und ihn zu Antworten zu zwingen. Was er gedenkt, mit Anja zu tun, will ich ihn fragen, und dabei jede Antwort, die etwas mit Geld zu tun hat, abschlagen und als ungültig erklären.

Erneut klingele ich. Es hat sich noch nichts geregt, obwohl die Klingel laut genug im Flur hallt. Mein Puls hat sich noch nicht beruhigt. Früher ist Paul zur Tür gerannt, hat sich gefreut, mich zu sehen, und wir Kinder haben bis zum Einbruch der Dunkelheit im Garten oder auf der Straße gespielt. In unserer Jugend waren wir fast nur in seinem Zimmer, wenn wir uns abends getroffen haben. Wir haben unendlich viel geredet. Philosophieren – das war auf jedem Steckbrief, in jedem Freundesbuch und später auch auf sozialen Plattformen unser Hobby. Damit konnten wir uns identifizieren. Seit wann hat sich die Zeit so sehr geändert? Ich finde allmählich keine Antworten mehr auf meine Fragen.

Ich will ihn fragen, inwiefern wir überhaupt noch Freunde sein können, wenn er sich nie meldet und nicht mehr mit mir spricht. Was er sich mit dem Kuss an Silvester gedacht hat. Mir fliegen tausend Gedanken durch den Kopf, sodass ich mich kurzerhand auf den Treppenabsatz vor der Haustür der kleinen Villa setzen muss. Mir wird schwindelig, ich greife nach einer der Säulen, die den Eingang symmetrisch umgeben.

Ich lege die flache Hand auf die Brust und spüre zum ersten Mal, wie stark sich meine Haut an dieser Stelle im Rhythmus des hetzenden Herzens hebt und senkt. Trotz Fett.

Bekomme ich einen Herzinfarkt? Prüfend inspiziere ich meinen linken Arm. Eine Arztserie hat mir vor einigen Jahren schon verraten, dass ein schmerzender linker Arm das Hauptsymptom für einen Herzinfarkt sein soll. Mein Arm ist schmerzfrei, nur das Schultergelenk tut beim Senken des Arms weh. Das Symptom wäre mir neu.

Bin ich so sehr in Paul verliebt, dass ich jetzt unter Herzrasen leide? Vermutlich ist mit meinem Herzen alles in Ordnung. Ich habe nur innerlich begriffen, dass niemand da ist und meine kleine Reise umsonst war. Weit und breit gibt es auch keine Einkaufsmöglichkeit und kein Café. Mich aufzuwärmen oder mir die Zeit zu vertreiben, fällt also flach.

Der Gedanke daran, dass Paul nicht da ist und ich umsonst aufgebrochen bin, kann doch nicht so schlimm sein, dass ich innerlich kollabiere.

Meine Lunge scheint zu krampfen, das Herz schlägt härter, klopft gegen meine Brust, als wolle es raus. Entsetzt über meine eigenen körperlichen Reaktionen rappele ich mich auf. Ich schaue an der kleinen Villa hoch. Niemand ist zu Hause. Wenn mir jetzt also doch etwas passiert, bin ich völlig allein. Ein paar Atemzüge halte ich inne, um in mich hinein zu fühlen: Muss ich mir Sorgen um mich machen?

Mir kommt ein Verdacht: Was ist, wenn Paul spontan nach Berlin geflogen ist, so wie Paulchen und seine Verlobte? Was ist, wenn alles nur ein Plan war, um mich herzulocken? Von den Ereignissen an Silvester bis zum Kontakt zwischen Anja und mir war alles nur ein Plan. Alles hat einen tieferen Sinn, ich glaube allmählich, dass sich alle gegen mich verschworen haben! Wurde ich hierher gelockt, um ausgelacht zu werden? Um bloßgestellt zu werden, hier einsam und allein vor der Tür zu hocken und als verzweifeltes Mädchen an den Pranger gestellt zu werden. Meine Depression sagt mir, dass mein Leben hier zu Ende gehen soll. Man hat mich hergeführt, damit ich einer Naturkatastrophe zum Opfer falle oder damit ein starker Wind das Haus genau jetzt über mir zusammenkrachen lassen kann.

Ob Paul sich mit allem und jedem, was in den letzten Wochen um mich herum geschehen ist, verbunden hat? Gibt es eine Verbindung zwischen Thilos schlechter Laune, dem toten Obdachlosen und Pauls Abwesenheit? Und warum heißen so viele Menschen in meiner Umgebung gleich? Gibt es nicht genügend Namen für all die Leute? Vielleicht sind alle, die ich kenne, die doppelt vorkommenden Namen haben, von Bedeutung und wollen mir etwas signalisieren. Habe ich nicht richtig aufgepasst?

Ich schüttele meinen Kopf so heftig, wie ich kann. Längst verdrängte Kopfschmerzen finden ihren Weg zurück hinter meine Stirn. «Das sind Wahngedanken, Fiona», sage ich mir, «überflüssige, nichtssagende Wahngedanken. Vergiss es!»

Erschrocken sehe ich mich um und atme erleichtert aus. Es ist niemand da, der mir bei meinem Selbstgespräch zuhört. Gut.

Aber ich bin nicht allein, wie ich sofort merken muss. Meine Motivation schleicht sich aus dem Hintergrund direkt in den zentralen Punkt meines Blickfeldes an und lacht hässlich. «Ich habe dir doch gesagt, dass nichts funktioniert.» Die Motivation bläht sich auf, als wäre sie ein Gockel, der im Hahnenkampf vor dem ersten Angriff imponieren und einschüchtern möchte. «Du musst alles nach und nach machen, nicht alles auf einmal. Am Ende bist du ein Versager und nicht eine einzige Person ist da, um dir zuzuhören.»

«Und du bist allein.» Mein Smartphone hüstelt. «Niemand ruft dich an. Weißt du, wie langweilig mir ist?»

Angst macht sich in mir breit. Ich kneife mich, komme aber nicht zurück in die Realität. Was auch immer um mich herum geschieht, scheint also wahr zu sein. Das macht mir noch mehr Angst.

Es braucht nur fünf Worte, um mich um meinen Verstand zu bringen. Fünf Worte, wie etwa «Fiona, das schaffst du niemals» oder «Du bist und bleibst allein» tun mir unendlich weh. «Guten Morgen, ich bin Anja» ist auch ein Satz mit fünf Worten, der mir Paul weggenommen hat. «Ihr TSH-Wert ist beunruhigend erhöht» – auch so ein Satz mit fünf Wörtern. Ist das eine Verschwörung? Ist das genau so ein Zeichen wie die Namen Thilo, Paul und Dr. Werthers?

Das Holz des Vordachs über mir knarrt, als wolle es seinen Einsturz verkünden. Ich glaube, das Haus schwankt. Etwas wird auf mich stürzen! Mit rasender Geschwindigkeit nähere ich mich einer ausgewachsenen Panikattacke.

Das Schicksal mischt sich ebenfalls in das Gewirr von Gedanken ein, indem es einen dichten Hagelschauer vorbeisendet. Das Prasseln betäubt meine Ohren. Ich weiß nicht, ob der Hagel oder mein Herz lauter ist.

Mich würde es nicht wundern, wenn die silber-graue Luxuskarre am Straßenrand gegenüber innerhalb der nächsten Minuten hoffnungslos verbeult wäre. Setzte ich nur einen Fuß aus dem sicheren Schutz des Vordachs, würde mir der Hagel bestimmt das Genick brechen. Komme ich hier jemals wieder weg? Oder ist auch das ein Plan, damit ich unter dem einstürzenden Vordach begraben werde und nicht flüchten kann?

Meine Hände zittern und fingern nach dem Handy. Das verdammte Mistding war doch eben noch hier und hat mit der Motivation gemeinsam gelästert, und schon ist es wie vom Erdboden verschluckt.

«Klingel dein Handy doch an», sagt mein Herz.

«Du bist ein Idiot», ruft der Verstand. Ich weiß nicht, ob er mich oder das Herz meint.

Mein Blickfeld verschwimmt, ich bekomme keine Luft mehr. «Gott, falls du mir ein Zeichen schickst», brülle ich gegen den Hagel an, «ich meinte das mit dem Umbringen nicht ernst!»

Niemals würde ich so etwas tun. Im Gegenteil, ich will nichts lieber, als diese unerträglichen Gefühle von mir zu werfen und ein normales Leben zu führen.

Ich will nie wieder undisziplinierte Fressattacken haben, die mir meine Zukunft verderben. Nie wieder will ich mich einigeln, verstecken und auf wertvolle Menschen verzichten. Ich wünsche mir nichts mehr, als meine Vergangenheit zu ändern oder zumindest endlich so leben zu können, wie ich es mir vor Silvester schon ausgemalt hatte. Ich japse, meine Stimme röchelt. Meine Lunge scheint eingeengt.

Ich ziehe mein Handy aus der Tasche. Der Bildschirm ist zersplittert, das Gerät kalt und nass und durch einen matschigen Schuhabdruck verziert. Ich muss es bestraft haben, als es zu frech wurde. In den Kontakten suche ich nach einer sinnvollen Nummer. Meine Finger kribbeln. Sie sind taub und zittern, so wie der Rest meines Körpers.

Mangels Luft in der Lunge komme ich nicht dazu, etwas ins Smartphone zu sprechen.

Verzweifelt sehe ich, wie sich die Gesprächsdauer auf dem Display erhöht, und höre eine blecherne, leise Stimme aus dem Gerät.

Ich höre, wie mein Mund etwas sagt, kann aber nicht verstehen, was er formuliert. Durch die Konzentration aufs Atmen verweigert mein Mund seinen Dienst, wie es mein Verstand scheinbar auch schon gemacht hat. Meine Ohren hören nur ein unaufhörliches Wett-Klopfen von Herz und Hagel und mein Kopf droht mir vor lauter Schmerzen damit, zu platzen. Etwas in meinem Hals brennt wie Feuer und endlich, endlich kann ich die Augen zumachen. Die Kopfschmerzen lassen nach, die Panik und Atemnot verschwindet und kein Gerät der Welt spricht mehr mit mir.

Es ist dunkel.

Fiona?», eine der Stimmen um mich herum versucht, zu mir durchzudringen.

Eine raue Hand lässt meine los. Sie hinterlässt ein Gefühl von Wärme. Ich sehe mich um. Die Wände sind grünlich, ich bin im Krankenhaus. Meine Kleidung ist auf einem Stuhl in der Ecke, unter dem ich meine Tasche ausmachen kann, fein säuberlich zusammengelegt. Und ich trage diese hässliche Krankenhauskleidung.

Ich wage einen kleinen Versuch, mich aufzurichten und sehe an der Wand ein Kreuz hängen. Bestimmt liegt in der obersten Schublade des Beistelltisches eine Bibel. Glaube und Religion – das hat mir noch gefehlt. Gerade erwarte ich das Einsetzen meiner verhassten Kopfschmerzen, da merke ich, dass ich vollkommen schmerzfrei bin. Genauer gesagt fühle ich mich wie auf einer Wolke, ganz sanft gebettet, nicht zu warm und nicht zu kalt. Alles ist ausgeglichen. Und ich noch etwas benommen.

«Sie ist aufgewacht», sagt eine Stimme. Auch wenn ich es nicht scharf sehen kann, fühle ich die Erleichterung, die die drei Silhouetten um mich herum für mich bedeuten. Die Menschen, die sich hinter diesen undeutlichen Umrissen verbergen, sind mir lieber als der Albtraum von letzter Nacht. Alles wäre mir lieber. Anja ist da. Wer sind die beiden neben Anja? Ich kneife die Augen zusammen, sehe aber noch immer unscharf. Sie hat keinen Krankenhauskittel an – zumindest kann ich nichts dergleichen erkennen. Ich richte mich mühsam auf und strenge mich an, klar zu sehen. Es sind Paul und Wolfgang. Tatsächlich Wolfgang. Mit ihm hätte ich als Letztes gerechnet. Wenn mir jemals etwas passieren sollte, wodurch ich im Krankenhaus lande, rechne ich doch als erstes mit dem Besuch meiner Mutter.

Die Tür öffnet sich und Wolfgang tritt ein – war er nicht eben noch im Raum und hat meine Hand gehalten? Oder war das doch Anja? Verwirrt lasse ich meinen Oberkörper zurückfallen. Meine Muskeln sind schwerfällig.

Anja drückt Knöpfe meiner Bettfernbedienung, sodass der elektrische Lattenrost meinen Oberkörper nach oben schiebt und ich mich ohne Anstrengung aufrichten kann.

«Der Arzt kommt gleich», berichtet Wolfgang seinem kleineren Bruder und lässt sich auf einen Besucherstuhl fallen.

«Was machst du denn für Sachen?», fragt Anja und sieht mich an. Ich schaue rüber zu Paul.

«Mein Herzmonitor piept im Takt der Uhr», feixe ich. «Alles ist paletti. Was macht ihr für Sachen?» Ich hoffe, dass mein Humor angebracht ist. Was genau mit mir los ist, weiß ich natürlich nicht.

Paul schaut mich erbost an. «Weißt du, was du uns für einen Schrecken eingejagt hast? Du kannst doch jetzt nicht einfach Scherzchen machen.»

«Paul, lass sie», ermahnt ihn Anja und wendet sich mir zu. «Kannst du dich erinnern, was mit dir passiert ist?»

Anja stellt die besten Fragen. Ich weiß etwas von Hagel und Herzrasen, von meinem Plan, mit Paul zu sprechen. Meine Erinnerung verdunkelt sich vor der Haustür der kleinen Villa. «Ich wollte mit dir reden, Paul. Ich war bei dir und habe mich dann nicht mehr so gut gefühlt.»

Gleichzeitig merke ich beim Sprechen, dass mir nicht mehr schlecht ist. Die leichte Übelkeit und der Schwindel, den ich seit Wochen habe, sind rückstandslos verschwunden. Ich wusste gar nicht mehr, wie es sich anfühlt, ohne diese Leiden zu leben, und komme mir frei und leicht vor.

Ein Arzt öffnet die Tür und bittet meine Besucher, uns einen Moment allein zu lassen.

Anja, Paul und Wolfgang verziehen sich widerwillig und ich darf meinem behandelnden Arzt zusehen, wie er in seinem Papier blättert.

«Frau Alfons, schön, Sie wieder unter uns zu haben», begrüßt er mich.

«Wie lange habe ich geschlafen?», frage ich.

«Vier Tage», antwortet der Mediziner mit Schnauzbart und sieht nicht von seinem Papier hoch. Richtig wichtige Testergebnisse, wie ich vermute.

Eigentlich wäre das der Zeitpunkt, an dem mir schlecht werden müsste. Aber meinem Magen geht es ausgezeichnet.

«Vier Tage? Warum?» Ich bin verwirrt. Oh Gott, die Arbeit! Ich bin bestimmt gefeuert.

«Sie hatten eine thyreotoxische Krise. Da wir nicht ermitteln konnten, wer Ihr Hausarzt ist, wussten wir auch nicht, wer Ihnen das Schilddrüsenmedikament verschrieben hat, und wie viel. Haben Sie Schilddrüsenmedikamente eingenommen, um Gewicht zu verlieren, Frau Alfons?»

Ich schüttele meinen Kopf.

Der Arzt rümpft die Nase und sieht mich verächtlich an. «Wissen Sie, welche Nebenwirkungen Ihre Betablocker und Thyreostatika haben, die wir Ihnen in ziemlich hohen Dosen zuführen mussten? Wir mussten Ihren ganzen Körper lahmlegen. Sie sind durch Ihre eigene Überdosierung ins Koma gefallen, weil Sie Ihren Körper mit Hormonen vergiftet haben.» Er sucht in meinen Augen nach einer Reaktion. Doch ich reagiere nicht, realisiere noch nicht.

Der Arzt gibt mir ein paar Momente Zeit, um mich zu sammeln. Dann erzähle ich. Ich erzähle von Knieproblemen, Depressionen, Selbsthass, Antidepressiva und Schilddrüsenhormonen. Ich lasse kein Detail meiner Fastenkur aus, auch nicht die Schwindelattacken und die Übelkeit, auch nicht das Teilen der Antidepressiva mit einer schwangeren Freundin. Ich beklage mich über die Ungerechtigkeit der Welt, über die Schilddrüsenüberfunktion, die Menschen dünn und schön machen kann. Und über meine Krankheiten, die mich, seit ich denken kann, nur eingeschränkt haben. Ich kann kaum aufhören zu reden. Endlich hört mir jemand zu.

Zwanzig Minuten später sind Paul und Anja wieder in meinem Raum. Ich schaue mich suchend um und frage nach Wolfgang.

«Wolfgang ist nur der Fahrer gewesen. Er hat dich ins Auto geladen und hergefahren», erläutert Paul. «Er holt Kaffee aus der Caféteria. Natürlich ohne Koffein für dich.» Ich spüre Ruhe. Alles kann wieder gut werden. Theoretisch jedenfalls.

Anja beißt sich auf die Unterlippe und zieht die Augenbrauen zusammen. Schon die ganze Zeit. Ich versuche, sie mit meinen Augen einzuladen, mir zu sagen, was ausgesprochen werden soll. Aber das klappt nicht. Also schweige ich und warte ab, was passiert. Vielleicht will sie später mit mir sprechen.

Wieder ergreift Paul das Wort. «Was hat der Arzt gesagt? Wie kam es zu deinem Zusammenbruch?»

Ich werfe Anja einen fragenden Blick zu. Hat sie Paul etwas erzählt? Kann es sein, dass Anja selbst nicht Bescheid weiß? Wie läuft das mit der ärztlichen Schweigepflicht eigentlich ab und wo zum Kuckuck ist meine Mutter? Um Klischees zu erfüllen, ist sie doch eigentlich immer zur Stelle. Sie müsste jetzt eigentlich peinliche Geschichten in der Gegenwart meiner Freunde erzählen oder besorgt um mich schwirren und alles tun, was ihr Kind braucht. Wenn man sich einmal auf seine Pappenheimer verlassen will …

Da liegt sie also vor mir, meine Chance, eine Geschichte zu erzählen, die so mitleiderregend ist, dass meine Freunde sich solche Sorgen um mich machen, dass sie mich nie wieder allein lassen wollen. Ich kann mir eigentlich eine Krankheit aussuchen oder sogar einen tropischen Parasiten, um interessant zu wirken. Aber ich möchte nicht geheimnisvoll sein, auch will ich kein Mitleid für irgendwas. «Die Wahrheit ist, dass ich Medikamente missbraucht, meinen Körper überanstrengt und meine Psyche entgleisen lassen habe.»

Dann versuche ich zusammenzufassen, was mir seit Neujahr durch den Kopf geht und wie ich mich verhalten habe. Zum ersten Mal hört Paul nun ausgerechnet in der Gegenwart der Mutter seines Kindes von meinen seelischen Leiden und dem Training, das ich knallhart durchgezogen habe, um einige meiner Krankheiten loszuwerden.

«Ich habe blau gemacht, zu viele Antidepressiva genommen und wollte mit dir reden. Ich bin nicht mehr glücklich. Schon seit langer Zeit nicht, ganz besonders aber nicht mehr seit Silvester.»

Paul schluckt. Er weiß, dass er etwas damit zu tun hat. Aber er schweigt.

Ich hole Luft, um Paul endlich mit allem zu konfrontieren. «Warum hast du dich nicht mehr gemeldet? Hast du es nicht für nötig gehalten, mir mal Bescheid zu sagen, dass du ein Mädchen schwängerst? Die dann bei mir Trost sucht und nicht mit dir reden kann? In Anjas Erzählungen klingst du so arrogant, so abgehoben, fast schon unmenschlich.» Ich will keinen Streit, ich will mich nur mit Paul aussprechen. Dabei fällt es mir schwer, mit ihm zu reden, während Anja dabei ist, wenn ich sie direkt erwähne. Rausschicken kann ich sie auch nicht und womöglich tut es ihr gut, dass ich das Thema anspreche und sie verteidige. Wenn ich mich recht erinnere, wollte sie genau das als Freundschaftsdienst von mir. Also spreche ich weiter und höre, wie meine Stimme sich dabei verzweifelt überschlägt: «Ich dachte, du wärst mein bester Freund!»

«Bin ich doch auch», stockt Paul. Doch seine Rechtfertigung ist mir nur eine kleine Unterbrechung in meinen Ausführungen.

«Beste Freunde sprechen miteinander. Sie kriegen mit, wenn es dem anderen nicht gut geht oder sie melden sich wenigstens mal. Vor allem, nachdem du mich an Silvester so verwirrt hast. Wie kannst du deine beste

Freundin einfach küssen und dann im Regen stehen lassen?» Ich rede mich allmählich in Rage und merke, wie Mengen von Wut und Verzweiflung von tief innen hochkommen. «Du bist nicht ein einziges Mal an dein Handy gegangen, du hast mich einfach ausgeblendet. Warum machst du das, Paul?»

Anja sieht mich mitleidig an und mustert die Schläuche und den Tropf. Ich kann mich gar nicht erinnern, wie sie entlassen wurde. Logisch, wenn ich vier Tage verpasst habe. Herzlichen Glückwunsch, liebe Anja. Ich war nicht für dich da.

«Fiona, ich… ich weiß nicht, was ich sagen soll», stammelt mein ehemals bester Freund.

«Wir sind keine Freunde mehr», stelle ich enttäuscht fest.

Genau in diesem Moment reißt eine Krankenschwester die Tür auf und macht Wolfgang Platz. Er bringt den Kaffee und verteilt die heißen Pappbecher. Ich stelle meinen auf dem Beistelltisch ab, habe keine Laune für Kaffee.

«Ihre Besuchszeit ist um 8 Uhr rum», mahnt die Schwester, die den Kopf zur Tür hineinsteckt. «Es wäre schön, wenn Sie bald zum Ende kommen würden.»

Paul fühlt sich vermutlich durch die Anwesenheit von Anja und Wolfgang gestört. Wie es wohl wäre, wenn nur wir zwei allein miteinander wären? Kurz glaube ich, es sei eine schöne Vorstellung, aber dann komme ich zur Besinnung. Es wäre bestimmt einfach nur anstrengend.

«Die beiden können ruhig hören, was du zu sagen hast», fordere ich Paul heraus. Nichts will ich lieber sehen als ihn, der aus seiner feigen Haut herauskommt und endlich mal Farbe bekennt. Ich will einen besten

Freund, der sich um mich kümmert und dem ich es wert bin, dass ... Dass er sich für mich interessiert.

«Ich möchte nicht mit dir zusammen sein, Fiona. Aber ich mag dich, das weißt du.» Er atmet durch, als sei er erleichtert. Mistkerl. «Du bist meine beste Freundin und ich will dir immer zur Seite stehen. Ich weiß nicht, was das an Silvester war, ich war wohl betrunken und du sahst so hilfsbedürftig aus. Ich wollte und will auch immer noch für dich da sein. Immer.»

Pauls Aussage hat mich nicht allzu tief getroffen. Seine Freikaufversuche, von denen meine schwangere neue Freundin erzählt hat, haben in mir jedes Gefühl für ihn abgetötet.

«Ich habe mich nicht bei dir gemeldet, weil ich gemerkt habe, dass ich das nicht will. Du hast dich so verändert, Fiona. Du kriegst das gar nicht mit.» Pauls Geständnis bohrt sich immer tiefer in meinen Gehörgang, sodass es fast egal ist, was er als Nächstes sagt. Aber seine wehleidige, klagende Stimme holt mich zurück in die Realität.

«Und irgendwie will ich… Na ja, ich will flüchten. Nicht so richtig wahrhaben, wie du dich veränderst und keinen mehr emotional an dich ranlässt. Du bist wie abgekapselt. Für mich ist das auch nicht einfach, ich meine, äh, ich will die Zeit zurückdrehen. Alles anders machen oder so» Ich glaube, ich höre nicht richtig. Ausgerechnet Paul hat meine Wandlung zur neuen Fiona nicht mitbekommen und war nie da. Und jetzt beschwert er sich, weil ich mich verändert habe. Wären wir mal in Kontakt geblieben! Wäre dann alles anders? Oder kommt es aufs Selbe hinaus? Ich weiß nicht so recht, wie ich das alles verstehen soll.

Wolfgang vertieft sich in sein Smartphone, will mit all dem nichts zu tun haben. Er wirkt reservierter als sonst. Anjas Augen funkeln, als wäre sie in einem Liebesfilm gefangen.

Paul räuspert sich. «Fiona, wir kennen uns schon fast unser ganzes Leben lang. Wir machen wahrscheinlich gerade eine schlimme Phase durch, meinst du nicht auch?»

«Wie kommst du darauf, dass wir nie zusammen sein können? Du hast doch nichts von meiner Veränderung der letzten Wochen mitbekommen. Warum stehst du denn hier an meinem Bett, wenn ich dir doch so egal bin?»

«Weil ich nicht will, dass du dich umbringst. Und du bist mir nicht egal, übertreib doch nicht andauernd», empört sich Paul. «Du bist mir eher fremd. Ich will meine alte beste Freundin zurück und nicht das, was du in den Monaten vor Silvester warst. Und auch nicht, was du jetzt bist. Entweder lässt du dich völlig gehen und dir geht alles sonst wo vorbei oder du pumpst dich mit bescheuerten Medikamenten voll, weil du es nicht abwarten kannst, endlich schlank und schön zu sein!» Bei den letzten Worten reißt Paul seine Arme in die Luft.

Das hat gesessen. Paul liebt mich, aber nur mich ganz tief innen drin. Er mag weder die eingeigelte, ängstliche Fiona, die sich selbst hasst, noch die Fiona, die versucht, alles in die Hand zu nehmen. Es ist, wie ich schon eigentlich immer wusste: Ich bin eine Versagerin.

Anja und Wolfgang schauen betroffen drein und verlassen mit meinem ehemals besten Freund den Raum. Jetzt habe ich einerseits mehr Klarheit, andererseits bin ich verwirrter und verzweifelter denn je. Und allein. Ich fühle mich von Paul verlassen.

Wieder einmal bin ich allein. Ich nehme ein paar Schlucke vom koffeinfreien, erkalteten Kaffee und drehe mich auf die Seite. Aus dieser Perspektive sehe ich, dass das Telefon mit der Aufschrift «Z. 401» etikettiert ist. Warum man das wohl macht? Dürfen Patienten einen Lieferservice anrufen und die geliebte Pizza Sucuk aufs Zimmer liefern lassen?

Mir fällt auf, dass ich im selben Zimmer liegen, in dem auch Anja gelegen hat. Z. 401. Doch diesen Zufall finde ich nicht bedrohlich, sondern lustig. Bald schlafe ich erschöpft ein. Wenigstens eine gute Sache an einem Krankenhausaufenthalt: Endlich kann ich ausschlafen.

Heute mache ich wirklich alles neu. Erst vorgestern aus der Klinik entlassen sitze ich in einer perfekt geputzten Wohnung. Obwohl sie nicht an mich geglaubt hat, nimmt meine Mutter mich plötzlich ernst. Seit ich im Krankenhaus lag, hilft sie mir, mein Leben in den Griff zu kriegen.

Wenigstens lässt sie mich das glauben. Klar, ein krankes Kind braucht dringender Zuwendung als ein verlobtes Kind. Was wäre aber, wenn die Verlobung krank macht? Oder wenn man sich durch eine mehr oder weniger wahnhaft-psychische Erkrankung verlobt? Ich glaube, dass ich mich für meinen Bruder freuen sollte. Und dass ich zu viel nachdenke. Ab heute ist mit Gedankenmüll Schluss. Meine hypothetischen Welten lenken nur vom Wesentlichen ab, vom echten Leben.

Die Klamotten, die mir nicht mehr passen, haben wir im Keller verschwinden lassen. Irgendwann werde ich mich darum kümmern, sie wieder anzuprobieren, aber nicht jetzt. Ich habe begriffen, dass ich nicht alles sofort haben kann.

Meiner Mutter habe ich das erste Mal in diesem Jahr den Tee gegeben, den sie haben wollte. Ich weiß nicht, ob sie sich das verdient hat, aber sie ist meine Mutter. Müttern bietet man den Tee an, den sie sich wünschen, wenn man ihn da hat. Meine neu gewonnene Moral und der frische Rooibostee-Vorrat verwandeln meine Küche in ein sahnig-sanft duftendes Tee-Paradies. Aber ich bevorzuge weiterhin Mate.

Neue Gewohnheiten bilden sich nie von jetzt auf gleich. Und manches, glaube ich, muss ich gar nicht an der alten Fiona verändern. Wie beispielsweise den Geschmack für richtig guten Tee.

Ich verabschiede meine Mutter und bestaune meine schöne Wohnung. Ohne einen Radikalschlag und ohne Haufen von Gegenständen ist es uns gelungen, dass ich mich hier wieder wohlfühle. Genauer gesagt hat meine Mutter daran gearbeitet und ich habe sie eher nur unterstützt. Das ist wie damals, als wir Kinder waren. Im Notfall konnten wir immer auf unsere Mutter zählen.

Zu sehen, wie sie ihr Auto in Gang setzt, gibt mir ein mulmiges Gefühl in der Magengegend. Allein sein – das kann bei mir schiefgehen. Aber diesmal fühlt es sich anders an, obwohl das Auto wie bei jedem Besuch am Ende der Straße abbiegt und hinter den Häusern im Verkehr verschwindet. Es fühlt sich weniger trostlos an, weniger einsam.

Wieder sitze ich am Schreibtisch. Nicht einmal die Staubflusen, die mich meistens hinter der Tastatur begrüßt haben, sind da. Alles fühlt sich neu an, und dieses Mal scheint es ehrlich neu zu sein.

Ich verbuche den Tee in meinem Online-Ernährungstagebuch und lasse mir aufzeigen, wie viele Kalorien ich heute noch zu mir nehmen darf. Auch wenn Tee keinen Brennwert hat und nicht dick macht, trage ich hier ausnahmslos alles ein. Kontrolle – das ist das Schlüsselwort für meinen neuen Plan. Das letzte

Mal hatte ich mich nach der Fressattacke gewogen und seitdem ist ein halbes Kilo verschwunden.

Mit einem Klick auf Diätbericht wird mir in Linienform angezeigt, dass es vorangeht. Trotz der üblen Fressattacke und Zwangsernährung im Krankenhaus. Stolz über meine kleinen Erfolgsschritte schließe ich das Fenster und öffne ein anderes. Thilo ist online.

«Hast du Zeit?», steht in der Eingabezeile unter dem leeren Chatverlauf.

In meinem sozialen Umfeld ist Thilo der Einzige, der noch nichts über meine gesundheitlichen Eskapaden weiß. Die Worte Medikamentenmissbrauch und Krankenhaus werden heute das erste Mal zwischen uns fallen. Es ist nicht leicht, zu sagen, ob ich aufgeregt oder gelassen bin – zum ersten Mal fühle ich mich gemäßigt. Irgendwie normal.

Nur wenige Sekunden später hat mich mein Internet-Freund begrüßt.

«Lass' mich dir bitte einiges erzählen», tippen meine Finger.

Der ursprüngliche Plan von der neuen Fiona ist Geschichte. Man könnte ihn als gescheitert bezeichnen, doch war mein Vorhaben zu extrem, zu übereilt und unterm Strich habe ich die Kontrolle verloren. Also ist das Scheitern nicht tragisch. Um eine neue Fiona zu kreieren, muss ich erst die alte annehmen. Ab jetzt soll es gemäßigt und langsam bergauf gehen.

Am zweiten Tag in der Klinik hat mir ein Psychiater des Krankenhauses aufgezählt, was ich meinem Körper und meiner Psyche angetan habe. Genauer gesagt haben wir das gemeinsam ausgearbeitet. Ich habe mich wie ein Detektiv gefühlt, denn immer, wenn ich schrittweise auf eine neue Idee gekommen bin, wurde ich gelobt und in die richtige Richtung gestupst. Von außen betrachtet war das ein Ratespiel für Grundschüler, denn der Psychiater hat mich seine Sätze an den Stellen vollenden lassen, die nicht offensichtlicher sein konnten.

Alles, was ich tat, mein Erfolgsdurst, deshalb kam es zu einem psychotischen Anfall vor dem Haus von Paul. Ich habe mich auch psychisch selbst malträtiert. Wer steigert sich schon so sehr wie ich in alles rein, was einem unter die Finger kommt? Mit zeitlichem Abstand und einem klaren Verstand ist es mir unvorstellbar, dass ich zu all dem fähig war. Es kommt mir schon jetzt vor, als sei das nicht ich gewesen. So fühlt es sich also an, reif zu sein und über etwas stehen zu können! Dieses Bewusstsein pusht mich und gibt mir neuen Mut.

Ich schreibe über Anjas Schwangerschaft, über den Selbsthass und das, was mir die Mediziner in den letzten Wochen beigebracht haben. Und gleichzeitig wundere ich mich, wie man so dumm sein kann wie ich. Vier Ärzte haben mich innerhalb der ersten Wochen des Jahres auf nahezu dieselben Sachen hingewiesen, mir immer wieder etwas empfohlen, was ich guten Gewissens hätte annehmen und umsetzen sollen. Aber mein Dickkopf hat dafür gesorgt, dass sich alles aufgestaut hat und dass alles kaputt gegangen ist.

Geduld haben, das hätte ich die ganze Zeit haben sollen. Eine Blockade in mir – oder wie sollte man es sonst nennen? – hat dafür gesorgt, dass ich diesen Ratschlag nicht begriffen habe. Dabei kann Geduld so einfach sein.

«Ich habe schon gemerkt, dass mit dir etwas nicht stimmt.» Thilo. Er wisse, dass ich nicht bei mir selbst war und dabei war, große Fehler zu begehen. «Manchmal dachte ich, du kommst nicht mehr online, weil du dich umgebracht hast», schreibt Thilo und ich nehme erst jetzt wahr, wie besorgt er seit meinem depressiven Schreibanfall war. «Ich brauchte eine Auszeit, weil ich nicht mehr weiter wusste. Ich konnte dir nicht helfen und war ziemlich belastet.»

Ende Dezember dachte ich noch, es würde guttun, einfach alles durch ein Chatfenster in die Welt hinausschreien zu können, aber dass es bei einem echten Freund ankommt, war wie vernebelt.

Ruhig fliegen meine Finger über die Tastatur und bringen meine Gedanken und Gefühle zum Ausdruck, ohne dabei manisch zu werden. Ich muss mich in nichts hineinsteigern.

«Ich muss nicht mehr wahnsinnig werden», erkläre ich. «Dieser unbeschreibliche Zwang zur emotionalen Selbstverstümmelung ist einfach weg. Weil ich etwas begriffen habe, weil ich weiß, wie es jetzt weitergeht und wie alles Sinn machen kann, was ich anpacke. Ich hatte – nennen wir es mal – Konflikte mit mir selbst. Im Wahn. Man könnte es Wahnkonflikte nennen.»

Natürlich ist mir schon immer klar gewesen, dass es nicht allzu gesund sein kann, wenn man in Streitigkeiten mit sich selbst gerät. Schlimmer noch: Wenn meine Motivation mich auslacht und nicht an mich glaubt, dann kann man das getrost einen Wahnkonflikt nennen. Schönes Wort.

Ich sende meine Nachricht ab. Er wird mich verstehen und wenn nicht, ist das keine Katastrophe. Mittlerweile weiß nämlich, dass ich etwas wert bin und dass andere Menschen das auch sehen.

Sollte ich meinen gestörten Selbstwertgefühlen einen Strich durch die Rechnung machen und Thilo endlich ein Foto von mir schicken? Was ist, wenn er plötzlich sieht, wie hässlich und fett ich bin und mir dann nicht mehr schreiben will?

In puncto Selbstwert habe ich noch einiges zu lernen. Am liebsten würde ich die Angst in meinem Magen mit einem Stück meiner Lieblingspizza bedecken, sodass ich sie nicht mehr spüren kann.

Ich weiß, dass ich aus meiner Komfortzone raus muss. Es wird keine Fressattacken mehr geben, keinen Medikamentenmissbrauch, um die Nebenwirkungen die Arbeit machen zu lassen, und ich werde mich auch nicht mehr vor irgendwem oder irgendetwas verstecken. Ich will mich nie wieder einigeln! In der Theorie scheint das einfach.

Mein Smartphone zeigt mir drei neue Nachrichten. Alle sind von Anja, sie ist auf dem Weg zu mir und freut sich, mich zu sehen. Die beiden weiteren Nachrichten handeln von Teewasser, das ich aufsetzen soll und von einer neuen Sorte Mate, die sie mitbringt. Da freut sich jemand wirklich auf das Treffen mit mir. Und ich lächele, weil das Smartphone keine Kommentare mehr abgibt. Es lacht mich nicht aus, es hält mir keine Vorträge darüber, wie einsam ich doch sei – es ist nur ein blödes technisches Gerät ohne eigene Gedanken. Befreit atme ich tief durch.

Ich verspreche Thilo in Zukunft, ihn häufiger zu fragen, wie es ihm geht, und würde am liebsten noch stundenlang chatten, doch das können wir uns auch für die nächsten stimmlosen Gespräche aufheben. Zeit ist zwar absolut, weil mein Leben begrenzt ist, aber ich sollte Zeit als etwas Relatives betrachten. Ich kann warten, ich habe Zeit. Von heute an werde ich wirklich Zeit haben. «Ich habe Zeit» soll nicht mehr wehtun und offenbaren, wie einsam und lustlos mein Leben ist. Also, wie es war.

Die Welt ist echt ungerecht.» Anja rührt in ihrer Teetasse an meinem Küchentisch. Sie hat sich Honig in den Mate getan. Ich bin froh, dass sie heute nicht völlig aufgelöst und in Not, sondern entspannt bei mir sitzt. Ihre heitere Mimik ist zurückgekehrt und das liegt nicht nur daran, dass wir uns feierlich unseren Lieblingstee genehmigen. Sie sieht so aus, wie ich sie an Neujahr kennengelernt habe. Staunend schaue ich sie an. Wie kann ein bildhübsches Mädchen mit einem verträumten Sonnenaufgangslächeln sagen, die Welt sei ungerecht? Da gebe ich ihr zwar vollkommen Recht, aber ihre Aussage passt weder zu meiner Feiertagsstimmung, noch zu ihrem Gesichtsausdruck.

«Ich meine, dass das mit deinen Krankheiten gemein ist», erläutert Anja. «Ich bräuchte deine Schilddrüse und du meine. Dann wäre das alles nicht passiert, glaube ich. Und es gibt so viele gesunde Menschen da draußen. Warum kannst du nicht einem davon wenigstens eine Krankheit abgeben?» Sie lächelt, und ich finde ihren naiven Wunsch niedlich. «Wenigstens eine kleine oder so.»

«Aber irgendwie ist doch nun alles gut so, wie es ist. Oder? Wir haben uns gefunden und du bist wirklich eine gute Freundin. Habe ich dir das überhaupt schon gesagt?»

Ob sie sich Vorwürfe macht, dass es in unseren Gesprächen fast nur um sie ging? Ich habe mir schon oft welche gemacht, gerade im Umgang mit meiner Familie. Immer ging es um mich, um meine Krankheiten und mein kaputtes Oberstübchen – oder so ähnlich jedenfalls. Dass sich mein kleiner Bruder in eine Verlobung stürzt, war nur eine unbedeutende Nebenhandlung für mich. Es war wie eine Einladung, mich noch unbedeutender zu fühlen und noch mehr im Selbstmitleid zu ersaufen.

Durch Anja konnte es endlich um jemand anderen als um mich gehen – und ich scheine ihr hilfreich zu sein. Nennt man das nicht eine Symbiose?

Ein Gefühl der Wärme durchströmt mich. Das liegt nicht zuletzt am warmen Matetee. Endlich habe ich eine Freundin gefunden und fühle mich durch sie weniger nutzlos.

Mit dem Küchenhandtuch wische ich über die beschlagenen Fenster. Lange habe ich akzeptiert, dass der Wasserkocher die Sicht nach draußen und folglich auch nach innen verdeckt. Jeder kleine Handschlag, den ich mache, erfüllt mich mit neuer Zufriedenheit, nicht aber mit übersprudelnder Freude. Die Manie war gestern!

«Es ist schon gut so, wie es ist. Ich lerne aus allem, was mir passiert ist. Jetzt muss ich mich besser behandeln, mir mehr wert sein und so. Kannst du dir vorstellen, wie schwer es für mich war, das zu begreifen?»

In meinem Kalender stehen die nächsten Termine bei Psychiater und Psychologe, und ich hake ab, wenn ich meine Tabletten genommen habe. Für die alte Fiona, die Krankheitensammlerin, fühle ich Mitleid. Ich bin einen Schritt weiter und will nie wieder ein Spiegelbild meiner Einschränkungen sein. Ich bin mehr als ein Haufen Symptome, die sich gegenseitig in einen Teufelskreis befördern.

Meine neue Freundin ist eine aufrichtige Zuhörerin. Vielleicht wird sie die beste Freundin, die ich mir immer gewünscht habe? Wir plaudern über die Verlobung meines Bruders. Darüber, wie sauber meine Wohnung nun ist, und über die Zukunft, nicht über die Vergangenheit. Wir halten uns nicht lange mit ernsten Gesprächen auf und albern rum.

Irgendwann, die Sonne hat sich schon hinter den mittelhohen Häusern an der gegenüberliegenden Straßenseite versteckt und den Himmel in ein dämmeriges Farbgemisch getaucht, stößt Paul zu uns.

«Wenn es sein muss», widerwillig nimmt Paul mir die Tasse aus der Hand und starrt in den Matetee.

«Es muss wohl eine Angewohnheit reicher Leute sein, die Schnute zu verziehen, wenn einem etwas ungewohnt ist», stichele ich, worauf Paul mit einem ironisch-bösen Blick reagiert. Wir lachen. Der unbeschwerte Humor ist zurückgekehrt.

Da ist kein merkwürdiges Gefühl, ausgerechnet mit Paul und Anja an einem Tisch zu sitzen. Es ist, wie sich Mittzwanziger an einem Freitagabend unterhalten sollen: leicht und fröhlich. Endlich eine Unterhaltung, die nicht schwer wie Blei und in Selbstmitleid getränkt ist.

«Was wird jetzt eigentlich aus dem Kind?», fragt Paul Anja.

«Ich werde es behalten», antwortet sie entschlossen. «Ob du willst oder nicht.»

186

Höre ich da Feindseligkeit? Ich habe das Bedürfnis, das Thema zu wechseln und über Pauls Meinung zum Tee zu reden. Die werdenden Eltern werden sich noch oft genug streiten, das ist klar. Hoffentlich fangen sie nicht jetzt damit an.

«Glückwunsch», Paul wirkt unsicher.

Im Verlauf unseres entspannten Abends ist es offensichtlich, dass Anja und Paul sich gut verstehen. Auch wenn Paul eigentlich mich liebt und wir noch über so Einiges reden müssten, scheint er sich wohlzufühlen.

Paul erzählt, dass Wolfgang in psychologischer Behandlung ist, weil er einer Exfreundin die Abtreibung bezahlt hat und ihn danach eine starke Depression erwischt hat. Die Reue über den toten Embryo hat ihn irre gemacht. Deswegen treibt er Sport wie ein Besessener, denke ich. Und weshalb er so schweigsam ist. Pauls großer Bruder ist kein leichter Umgang und jetzt weiß ich auch, warum. Wolfgang ist psychisch ziemlich kaputt, doch man merkt es ihm nicht an. Ob es Menschen gibt, die mir nicht angemerkt haben, wie depressiv und von Selbsthass zerfressen ich war?

Verständlich, dass Paul sein ungeborenes Kind plötzlich akzeptiert. Auch dass Wolfgang als 27-jähriger Mann noch zu Hause mit seinen Eltern unter einem Dach wohnt, lässt sich vermutlich dadurch erklären.

«Herzlichen Glückwunsch», sagt Anja und legt ihre Hand auf meine Schulter. Sie steht hinter mir und sieht wie Paul und ich auf den Bildschirm des Computers. Ich habe Thilo ein Foto geschickt, das Paul, Anja und ich gerade gemacht haben. Lachend, zwischen zwei lieben Menschen, so sehe ich schon viel schöner aus und habe weniger Angst vor Thilos Reaktion. Im

Gegenteil: Ich fühle mich sicherer denn je.

Eigentlich müsste meine Motivation etwas Gehässiges sagen. Ich warte still darauf, dass Verstand oder Herz mich anfeuern oder auslachen. Aber meine kleinen Wahnkonflikte schweigen.

Ich muss lächeln, als ich mich wieder Anja und Paul zuwende und ihnen Tee nachschenke. Ich glaube felsenfest, dass Paul Mate ab heute genauso lieben wird wie ich.

Hi, ich bin Kia.

Ich habe «Die Krankheitensammlerin» bereits 2015 geschrieben und 2016 veröffentlicht. Jetzt, fast vier Jahre nach der ersten Fassung, halte ich die neue Version in den Händen.

Ich habe viel gelernt und dieses Buch gemeinsam mit meiner Lektorin Magret und meiner Coverdesignerin Esther völlig neu gemacht. Man solle zu einem gewissen Zeitpunkt von seinem Debüt loskommen, hat mir eine Autorenkollegin gesagt. Aber die Arbeit an der Geschichte von Fiona, Paul und Anja hat mir gezeigt, wie sehr ich mich seit meinen Anfängen in der Schriftstellerei weiterentwickelt habe.

Es ist ein tolles Gefühl, sich zu verbessern und Fortschritte zu bemerken. Diese Fortschritte geschehen aber oft sehr langsam und im Alltag bemerken wir sie kaum. So ging es auch Fiona, und sie wurde ungeduldig und ritt sich in ein Szenario, das ich niemandem wünsche.

Ich hoffe, du konntest beim Lesen nicht nur mitfühlen und ein bisschen lachen, sondern auch einen Teil von dir in der Geschichte wiedererkennen.

Auch wenn Fiona in allen Dingen ein wenig, nun ja, extrem ist, hat sie doch die ein oder andere Eigenschaft, die ich an meinen Freunden oder mir feststellen konnte.

Wenn dich «Die Krankheitensammlerin» begeistert hat, freue ich mich auf eine Rezension von dir.

Vielen herzlichen Dank an meine Lektorin, die trotz eines eigenen ungeborenen Kindes die Zeit und Mühe investierte, mit mir gegen Nominalstil, Passiv und sperrige Sätze zu kämpfen. «Das klingt, als würdest du einen Anwalt beeindrucken wollen» ist mein absoluter Favorit unter den Lektoratskommentaren.

Und natürlich möchte ich Esther danken, die das Cover so herrlich schön gestaltet hat. Wir haben schon bei «Hanover's Blind» zusammengearbeitet, und ich werde es wieder tun. Kauft Esthers Illustrationen! Sie ist großartig.

Natürlich möchte ich auch Micha danken, der das Lektorat der ersten Auflage gemacht und mich durchgehend nicht nur moralisch unterstützt, sondern immer auch mit Rat und Tat an Ort und Stelle ist.

Last but not least möchte ich den Lesern danken. Also: Bei dir. Hättest du nicht dieses Buch in der Hand, so wie die anderen Leserinnen und Leser seit 2016, gäbe es diese Neuauflage nicht. Vielen Dank also, dass du mein Buch gelesen hast.

Kia Kahawa

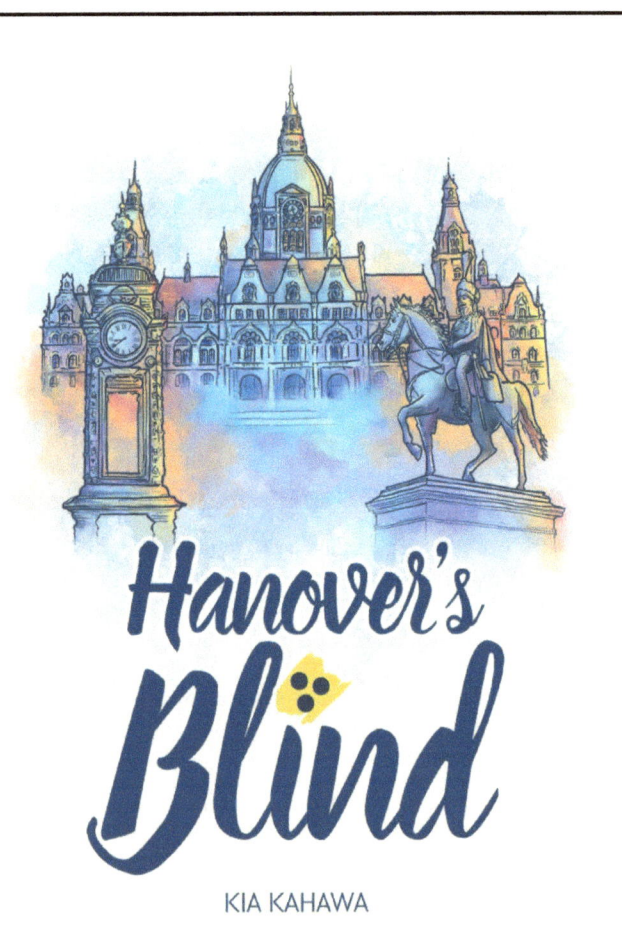

Hanover's Blind

KIA KAHAWA

Blinde tanzen nicht?

Adam will ein Leben, das man tanzt.
Keines, das lediglich die Wahl des geringsten Übels
bedeutet.

Der Studienabbrecher ist auf der Suche nach dem,
was andere haben: einen gleichberechtigen Platz in
der Gesellschaft. Um endlich auf eigenen Beinen zu
stehen, immigriert er in seine Traumstadt Hannover.
Doch die Möglichkeiten, sich als Mensch mit Behin-
derung ein eigenständiges Leben aufzubauen, sind
begrenzt. Er verheimlicht seine Sehbehinderung, ohne
zu erkennen, dass er sich damit selbst die größten Hür-
den baut. Sein Neuanfang lehrt Adam das Lieben,
Tanzen und das Scheitern.

Eine Erzählung über den Mut, sich von Erwartungen
zu lösen und den eigenen Weg zu erkennen. Und über
jene Dinge, die wir nicht sehen. Vielleicht sind das die
Wichtigsten.

188 Seiten

9,99 €   18,00 €
Paperback   Hardcover
978-3-740735555   978-3-740748753

Triggerwarnungen:
Body Shaming
Fressattacken
Medikamentenmissbrauch
Depressionen
Drogenkonsum
Schwangerschaft
Verlust